ベリーズ文庫

冷酷王太子はじゃじゃ馬な花嫁を手なずけたい

佐倉伊織

JN167537

STARTS
スターツ出版株式会社

目次

冷酷王太子はじゃじゃ馬な花嫁を手なずけたい

特別書き下ろし番外編

冷酷王太子はじゃじゃ馬な
花嫁を手なずけたい

じゃじゃ馬姫の暴走

見上げるほど高いアーチ状の天井。過剰すぎるのではないかと思うほどの数のキラキラ光るシャンデリア。それらが印象的な長い廊下を歩いた先にある部屋の扉が、ギギギーッと音を立てて開く。

するとそこには、ひげを蓄《たくわ》え、大きなお腹と癖のある茶褐色《ちゃかっしょく》の髪、一重で少し垂れた淡《たん》褐色の目を持つ国王の姿があった。たしか今年で五十一歳になるはずだ。

「リリアーヌか。入りなさい」

「は、はい」

一面フカフカの絨毯が敷き詰められ、調度品もピカピカに磨き上げられている大きな部屋は、足を踏み入れるのも緊張してしまう。

「国王さま、本日は私になにか……」

王宮近くの街でごく平凡な生活を送っていた私、リリアーヌが、突然国王に呼び出され、このような部屋に通されたのは、国王の血を引く娘だからだ。

「リリアーヌ、お前にはユノヘス王国に嫁いでもらう」

父であるサノワ国の国王からそう言われ、あと五ヵ月で十九歳になる私は目を見開いた。

父とはいえ、国王をこんなに至近距離で見たのは初めてだった。いや、もしかしたら遠い昔にあるのかもしれないけれど、記憶にはない。それは、一緒に暮らしたことがないからだ。

それ故《ゆえ》、父と言われてもまったくピンとこず、〝自分の国の一番偉い人〟という認識くらいしかない。

しかも私は、どちらかというと母の血を受け継いだ二重の青い瞳を持ち、おまけに体は細身で、腰まである長い褐色の髪は国王のそれと色は似ているものの、サラサラの髪質。国王とは見た目にも共通点があまりなく、一見親子だとはわからない。

そんな父である国王にこうして王宮に呼び出されるだけでも驚きだったのに、とんでもないことを言いだされてしまった。

「ですが私は……」

「そろそろ結婚してもいい年ごろのお前が適任だ。このままでは我が国は滅びる。どうしても、屈強な軍事力を持つユノヘスの力が必要なのだ」

ここサノワは小さいながらも潤った水源と豊かな森に支えられ、主に農業を生業《なりわい》として栄え、長く平和に暮らしてきた。

ところが、その自然の恵みに目をつけた近隣諸国――特に北側に面していて岩山ばかりの軍事国家、イヤールド国――から領土を狙われ、ここ五年ほどの間に幾度となく戦を交えてきた。

もともとのんびりした気質の国民は、自分たちの領土を守るため奮起したものの、兵としての教育はまともに受けておらず、戦いに駆り出されるたびに惨敗を喫している。

領土の一部を失いながらなんとか国としての機能は果たしていたが、兵の規模は半減しており、おまけに働き手も失われてしまったため農業も衰退しつつある。

そろそろ国民の不満も限界で、内乱の可能性も捨てきれない。

それを目の当たりにしている国王は、いよいよイヤールドに国を明け渡さねばならない時期が近づいてきたのを肌で感じ、密かに東のユノヘス国へ同盟を打診していた。隣だっているユノヘスは決してサノワに攻め込んでは来なかったからだ。

ユノヘスは近隣では一番の大国であり、ユノヘスもまたサノワと同じように豊かな自然を有している。そのため、水源も農地も余るほどあり、小国サノワに攻め込み領土を大きくする必要がないのだ。

しかも、ユノヘスの軍隊はサノワのゆうに十倍ほどの規模。兵はきちんと戦に備えて訓練されていて、最強だと言われている。

それはユノヘスには大きな鉱山があり、この鉱山収入により国家の財政も潤っていて、おまけに武器や防具を作るための鉄もふんだんに確保できるからだ。

もう戦う力の残っていないサノワはユノヘスと手をつなぎ、支配下に収まることしか残された道はない。

「それはユノヘス王国からの申し出なのですか？」

「護衛してもらうからには、忠誠を誓わねばならん。それにユノヘスの王太子には後継ぎがおらず、妃《きさき》を探しているのだ」

すなわち私は、その忠誠の証――つまりは人質となり、王太子の子を宿せということだろう。

「それで民は救われるのですね」

私は度重なる戦いに心を痛めていた。

戦で父を亡くした子供たちを集め、母親代わりのようなことをしているのもそのためだ。彼らの母親は大黒柱として働きづめなのだ。

生活に必要な文字を教えたり、生きていく術《すべ》を身に着けられるようにと、時には一緒に農地を耕《たがや》したり、はたまた遊びの相手になるなどして面倒を見ている。

国王一家に生まれながらも庶民に近いところでそうした活動ができるのは、私が国王と第二夫人の間にできた娘だからだ。

第一夫人との間にできた兄と姉は、生まれた時から王宮で過ごし、なに不自由なく暮らしてきた。

一方、私はふたりとは対照的に、もともと侍女《じじょ》だった母を国王が見初《みそ》めたことで生まれ、第一夫人には忌《い》み嫌われる存在としてこの世に生を受けた。

母は第二夫人という称号を与えられ、私はその娘として認知はされたものの、あきらかに歓迎されていない命だった。

そのため母と私は、早くから王宮を離れふたりで生活をしてきた。

目の前に出された紅茶のカップには、つたの模様が金で描かれていて、触れることすら緊張する。

こんなに立派な食器に触れたのは初めてで、王宮の暮らしと自分の生活がかけ離れていることを思い知った。

それに小高い丘の上にある王宮は、大きな窓から覗くと街中を見渡すことができて、この国を支配しているのだと優越感に浸るには最適のように思える。

だけど、それをうらやましいとは思わない。それは、今の生活が十分に満たされているからだ。

母は第二夫人とは名ばかりで、国王の血を引く私にも特別な警護がつくというわけでもなく、生活もごくつつましい。しかし、困ることもなく、これ以上の贅沢な暮しにあこがれるということも特にはない。

私は、時折、様子を見るために王宮からやってくる国王の使者に学問を教えてもらい、馬の乗り方や剣術まで学んだ。

そして私がそんな存在だと知らない友達と一緒に野山を走り回り、毎日着る物を泥まみれにしていた。

食べ物は豊かな大地のおかげで困ることはなかったし、多くを望まなければ十分楽しく生活できたのだ。

それなのに、突然国王から呼び出され、他国へ嫁ぐように言われてしまった。

王宮を離れて暮らしていたとはいえ、次に他国に攻められれば陥落《かんらく》の危機に陥《おちい》るであろうことは耳に入る。

そうなってしまえば、自分の父である国王が死ぬかもしれないと覚悟だけは決めていた。でも、周りには戦で父を亡くした子供たちが数えきれないほどいて、自分にとって特別な存在である人を失うかもしれないという不安を表に出すことはできなかった。辛いのは、皆同じだったからだ。

逐次《ちくじ》私たちの様子を側近に確認させているとはいえ、母を身ごもらせ、意味のない「第二夫人」の称号だけを与えてあっさり王宮から追い出した父を憎らしいと思ったことは何度もある。

けれど、戦が始まるたびに父の身を案じ完全に恨むことができないでいるのは、母が『それでも国王がいなければ、リリアーヌと出会えなかったのよ』と常々話して聞かせてくれたからだ。

だから、もし自分が隣国の会ったこともない王太子に嫁ぐことで、サノワの国民と母が大切に思う国王が助かるのならばと思った。

なぜその役割が王宮で暮らしている姉ではないのかということは、考えないようにした。それはわかりきったことだからだ。

ユノヘス王国の王太子に嫁いだとしても、無用になれば命はないかもしれない。いや、万が一サノワがユノヘスに逆らうようなことがあれば……恐らく見せしめに殺されるだろう。

そんな役割を第一夫人が許すはずもない。

私の母には、ユノヘスへと嫁ぐことをしばらく言えなかった。私がいなくなれば母はひとりきりになってしまうからだ。

その代わり、小さなころから仲がよく、半年前に子供を産んだアリアナにだけは相談した。

彼女とは街の小高い丘でおしゃべりを楽しむことが多く、今日もまだまだ小さい赤ちゃんの散歩を兼ねて訪れている。

アリアナは私よりふたつ年上ではあるけれど、赤毛がチャーミングで優しい目が印象的。

私と同じように小さな子が大好きで、よく一緒に子供たちの面倒を見ている。

その彼女がかわいい赤ちゃんを産み、最近ではすっかり母親の顔をしているので、私も早く幸せになりたいな、なんて漠然と考えるようになっている。

でもまさか、会ったこともない人のところに嫁ぐとは思ってもいなかったけれど。

「リリアーヌ、本当にいいの？　だって、あの人だよ」

アリアナが『あの人』と眉をひそめるのにはわけがある。

ユノヘスのシャルヴェ王太子は冷酷非道で、戦いに出陣する時は自ら軍を先導し、敵国の兵を容赦なくバッサバッサと斬り捨てるとの噂が耳に入っているからだ。

「このままではまたアリアナみたいな子が増えちゃう」

アリアナも父親を戦で亡くしていた。

「でも、リリアーヌが犠牲になるなんて……」

大きなため息をつくアリアナに、笑ってみせる。

「私、決めたの。もう誰も死んでほしくない。私が王太子さまの子を産んで、ユノヘスとサノワがひとつになれば、もう戦を仕掛けてくる国もなくなるはずよ」

今ですらユノヘス王国の力が抜きんでているため、隣国がふたつ三つ手を組んだところで太刀打《たちう》ちできない。

小さいとはいえサノワとユノヘスが手を組めば、その力はさらに巨大なものとなる。もう向かってくる国などないだろう。

「リリアーヌが、サノワを救うのね」

アリアナは泣きながらも私の言うことにうなずいてくれた。彼女も、私が嫁いだところで、簡単に戦がなくなるわけではないとわかっている。だけど、自分のように父を亡くす子が増えていくことに心を痛め、平和を願っているのだ。

「大げさよ。嫁ぐからには幸せになる。王太子さまと一緒にね」

私は絶望してはいなかった。冷酷非道という王太子でも、愛してくれるかもしれないという微《かす》かな望みにかけていた。

「ねえ、それより子供ってどうしたらできるの？」

ずっと疑問に思っていたことを尋ねると、アリアナは目を丸くする。

「ちょっと……。そんなことも知らないで嫁ぐつもりなの？」

「えっ、ダメ？」

真顔で聞き返すと、アリアナはあんぐりと口を開け固まってしまう。

変なこと、言ったかしら？

「そんなの王太子さまが教えてくれるわ。でも、愛を感じる、とっても素敵なことがあるのよ」

「素敵って？　詳しく教えてよ」

それだけじゃわからない。もっとちゃんと知っておきたい。

「は、裸でベッドを共にするのよ！」

アリアナが真っ赤な顔をしてそう口にするので、今度は私が固まってしまった。

「は、裸？　アリアナも、その……」

「もうここまで。あとは王太子さまに教えてもらいなさい！」

アリアナはそう言うと、「またね」と動揺したまま行ってしまった。

裸でって……そんなことしなくちゃいけないの？

初めて知った衝撃の事実にうろたえながらも、『とっても素敵なことがある』という彼女の言葉を信じることにした。


旅立ちの二十日ほど前。ユノヘスのシャルヴェ王太子に嫁ぐことを告げると、母は泣き崩れた。

その様子に胸が痛まないわけがない。しかし、サノワのためにはこうすることが一番なんだと何度も何度も話しているうちに、母も少しずつ聞いてくれるようになった。

「でも、リアーヌがどうして……」

「お母さま、それは……」

その質問には答えられなかった。恐らく母も姉ではなく私に白羽の矢が立ったことの意味を理解している。

「リリアーヌは、もっと贅沢な暮らしをしてもいい立場なのよ。それなのに、こんな時だけ……」

母は唇を噛みしめ涙をこぼす。

母も第一夫人から理不尽ないやがらせをされていたと聞いた。だからこそ、王宮の外で私を育てる決意をしたのだと。

『それなのに、こんな時だけ』と言われ、返す言葉もない。

「お母さま。私はサノワの平和が見たいんです。だから、決していやいや嫁ぐわけではないんです」

本当は不安で胸がつぶれそうだった。いくら愛してくれるかもしれないと希望を抱いてみても、その保証はない。

それどころか、最悪人質として幽閉される。しかも、もしかしたらそっちのほうが可能性が高い。

だけど、私は最初から諦《あきら》めるのは嫌いだ。王太子さまに愛されるように努力すればいい。

「リリアーヌ。あなたが犠牲になるなんて……」

「私は犠牲にはなりません。必ず幸せになります。そうしたらお母さまもユノヘスにお招きしますね」

私は必死に笑顔を作った。

私をここまで育ててくれた母と別れるのは辛い。それに、私がいなくなったあとの母のことも気になる。それでも、再び戦いが起こり、これ以上孤児が増えるのだけはいやだ。

母も最後は私の強い意志に折れてくれた。もちろん、悔しさや辛さを呑み込んでのことだ。なぜなら、母もまたサノワの平和を誰よりも望んでいたからだった。


そして、いよいよ旅立ちの日がやって来た。

「リリアーヌ、辛ければ戻ってくるのよ」

王宮の前に到着したユノへスからの迎えの馬車に乗る前に、母と抱擁《ほうよう》を交わす。

すると、恐らく私たちが王宮を去ってから母と初めて顔を合わせたであろう父、すなわち国王は、その言葉に眉をひそめる。

戻ってきてもらっては困るからだろう。

「お母さま、ご心配はいりません。お父さま、お母さまをお願いします」

国王のことを『お父さま』と呼んだのはこれが初めて。

それはもう二度と会えないかもしれないと覚悟していたからだ。

最後くらいは父親として送り出してほしかった。

「わかっている、リリアーヌ。シャルヴェ王太子に、誠心誠意《せいしんせいい》お仕えしなさい」

「心得ておりますわ」

私は精いっぱいの虚勢《きょせい》を張った。覚悟を決めたはずなのに、母の泣き顔を見てしまうと弱い。もらい泣きしそうになり必死にこらえた。

いつもの粗末な身なりとは違い、今日は新しいドレスを着せてもらった。

上質なビロードで作られたえんじ色のドレスは、金糸で美しい刺繍が施《ほどこ》されている。地まで届く長さのそれはパニエまでついており、歩きにくくてたまらない。

その上、上半身は必要以上にコルセットでギュウギュウ締め付けられ、窮屈《きゅうくつ》そのものだった。

どれだけ美しく着飾っても、ちっともうれしくない。

とはいえ、王太子には気に入られなければならないのだ。

自由奔放に生きてきた私は、これからの窮屈な生活を想像してため息をつきながらも、笑顔を作った。


ユノヘスからの迎えは三人の男と立派すぎる馬車だった。

しかし、それは王宮で暮らしたことのない私にとって〝立派すぎる〟のであって、王太子の妃となる者を迎えるのにはあまりにお粗末らしく、国王の側近が「これですか?」と思わず声を上げていた。

実際、王宮の中庭に置かれている国王のための馬車はその数倍の大きさで、御者台《ぎょしゃだい》に至るまできらびやかな装飾が施されている。

それと比べると、四人ほど乗ればいっぱいになり、美しく磨き上げられているとはいえ、余計な装飾もされていない馬車は、王族が乗るような代物ではなかったようだ。

それに、たった三人しか護衛がつかないということからも、ユノヘス側の冷遇《れいぐう》が見てとれる。

それでも私は顔を上げた。これで平和が訪れる。もう血は流れない。それだけで、いい。

私の旅立ちを一応心配してくれた国王は、ひとりの腕の立つ剣士を同行させる手はずを整えてくれた。

当初、身の回りの世話をするための侍女を付き添わせると言われたものの、断った。見知らぬ土地に行くのは自分だけでいい。それに、身の回りの世話などしてもらわずとも自分でできる。

私が剣士の同行を承諾したのは、生活が落ち着いたらサノワに戻すという約束を取りつけたからだ。

二十五歳になるその剣士は、名をヤニックと言い、少し赤みのある黒髪を持ち瞳も黒い。背は私より頭ひとつ分ほど高く、体つきはがっちりとしている。

「それでは、行ってまいります」

「リリアーヌ、本当に行ってしまうのね」

母が震える声を絞り出し、顔をゆがめる。

「はい。お母さま、またすぐに会えますわ」

もしかしたら今生の別れかもしれないと思いつつ、母を安心させたくて必死に口角を上げる。

そして、ヤニック、さらにはユノヘスからやって来た護衛のうちのひとり——恐らくヤニックより五、六歳ほど年上で、栗毛色の柔らかそうな髪を持つ長身のバスチューとともに馬車に乗り込んだ。

ユノヘスからやってきたあとのふたりが御者台に乗り、馬にムチを入れ馬車が出発すると胸が痛む。十九年近く母とふたりで暮らしてきたのだ。いくらサノワの平和のためだといっても、別れが悲しくないはずはない。

しばらく押し黙りうつむいていると、ヤニックが「リリアーヌさま、大丈夫ですか?」と声をかけてくれた。

「大丈夫よ、ありがとう」

ヤニックも私のために故郷を離れついてきてくれるのだ。私が沈んでいるわけにはいかない。

「しかし、心細くていらっしゃるでしょう。なんなりとお申し付けください」

ヤニックが優しい男でよかった。

「リリアーヌさま。途中道が悪く揺れますが、どうかご勘弁ください」

続けて彼は、道の状態が悪いのがまるで自分のせいだと言わんばかりに謝る。

「平気よ」

ユノヘスとの国境は、ほとんど手つかずの森だ。当然ならされた道などない。

しかし、幼少のころから山や森を遊び場にしてきた私にとっては、別になんでもないことだった。

むしろ、馬に乗りたかった。

馬車に揺られるなんて性に合っていない。自分で馬を操《あやつ》り走りたかったものの、この長いドレスではどうにもならない。

「バスチュー、ここからどのくらいかかるの?」

今度はこの道をはるばるやって来てくれたバスチューに尋ねると、彼は凛々しい眉をピクッと動かし口を開く。

「はい。一日ほどあれば着くと思います」

「一日も？」

そんなに長い間、じっと座っていなくてはならないの？

しかもこの窮屈《きゅうくつ》なドレス姿だ。なにより体を動かすことが好きな私は、落胆して肩を落とした。

「バスチュー、王太子さまのことを教えて？」

私は仕方なく、自分が嫁ぐシャルヴェ王太子について話を聞くことにした。知っているのは冷酷非道だという噂だけだからだ。

「はい。大変剣術に優れたお方で、敵十人、二十人に囲まれたところで表情ひとつ変えません。あっという間に片付けておしまいになります」

「そんなに？」

もしかしたら少し話が大きくなっているのかもしれない。しかしそこまで強い人は聞いたことがない。

「ですが、シャルヴェさまは普段部屋にこもっていらっしゃることが多く、身の回りの世話をする数人以外とはほとんど顔を合わせられることもありません」

「そうなの？」

大国の王太子となれば、夜な夜な舞踏会でもしているようなイメージだったのに。

「他には……大変頭脳明晰《めいせき》で、戦闘の戦略は国王さまではなくシャルヴェさまが立てられています」

「戦闘……」

それを聞いた途端、胸が苦しくなった。

どこに行っても戦ばかり。どれだけの命が失われたら気が済むのだろう。

「そして大変厳しいお方。失敗は絶対に許していただけません」

聞いていたとおり、〝怖い〟というイメージが先行する。

「リリアーヌさまも、シャルヴェさまのご機嫌を損ねぬようお気をつけください」

「はい」と言ったものの、どうしたらいいのかわからない。

そもそも王宮での暮らしを経験していないので、これからどんな生活が待っているのかもわからないのだ。

それからは悪路に揺られながら、ひたすら退屈なひとときを過ごした。

夜が更け辺りが暗くなってくると、あまりに退屈でいつの間にかうとうとしてしまった。そのままぐっすり眠ってしまい、小さな窓から差し込む朝日に気がついたころ、突然ガクッと馬車が止まり、周囲がなにやらざわつき始めた。

「リリアーヌさまはここでお待ちください」

目を鋭く尖《とが》らせたヤニックはバスチューと共に馬車を出ていく。ヤニックたちが出ていくとすぐに剣と剣がぶつかりあう音がしだして、暴漢に襲われたのだとわかった。

「リリアーヌさまに指一本触れさせるな」

ヤニックの声と激しくなる物音に緊張が走る。状況を把握するために窓から覗いてみたもののよく見えなかった。

「ううっ」

すると、誰のものかわからない大きなうめき声が聞こえてくる。

「殺してはいけません！」

私はとっさに叫んでいた。

もう誰かが死ぬのはたくさんだ。

それなのに、その声が届いていないのか、なんとなく血なまぐさい匂いが漂ってきていてもたってもいられなくなった。

私がなんとかする――。

だけど、この身なりが邪魔だ。

しばらく考えて、ヤニックが予備として馬車の中に置いておいたもう一本の剣をスカートの膝の辺りに突き刺しビリビリと破いた。

「これで動ける」

そして馬車のドアを一気に開け、外に駆け出す。

王太子さまの前にこの姿で行かなければならないことなんて、すっかり頭から飛んでいた。

「リリアーヌさま！　出てきてはいけません」

私に気づいたヤニックがすぐさまそう叫んだけれど、そんなことを聞いてはいられない。

見れば激しく剣を交える護衛の者は押され気味で、もう既に息が上がっている。

それもそうだろう。頑丈そうな鎧を纏《まと》った八人の兵を、こちらはたった四人で迎え撃っているのだから。

盗賊じゃなかったんだわ。

てっきり盗賊に襲撃されたと思い込んでいたけれど、相手がどこかの国の兵であることを知り唖然《あぜん》とした。

この馬車に私が乗っているとわかっていて狙ってきたの？

ごく普通の庶民として育ってきた私にとって、自分がこうした標的になることなんて想定外だった。でも、大国の王太子に嫁ぐともなれば命を狙われるということもあるのかもしれない。

「バスチュー！」

その時、少し離れたところにいるバスチューが左手から血を流しているのに気がつき、慌てて駆け寄る。

そして、バスチューの前に立ち塞がり剣を構えた。

もちろんさっきスカートを切ってしまったので、足が丸見えになってしまっているが、今はそんなことを言ってはいられない。

「やめなさい」

私が大きな声を張り上げると、一瞬剣の交わる音が止まる。

「リリアーヌさま、なりませぬ。馬車に……」

バスチューはそう言うけれど、声が微かに震えている。

ケガをしている彼を守らなくては。私の頭の中はそれでいっぱいだった。

「剣を捨てなさい。私は戦いが好きではない」

「ほほぉ。アンタが姫君か。シャルヴェもとんだ女を嫁にもらうみたいだな。だが、アンタに嫁がれては困るんだ」

ひげを蓄えたガタイのいい男が、ニヤリと笑う。

この兵は、ユノヘスとサノワが手を組んでは都合が悪い国の者なんだわ。顔を動かすことなく目だけで周りを見渡して、この男の防具のみ立派なことに気がついた。恐らく彼が首領《しゅりょう》なのだろう。この男さえなんとかすれば……。

「わざわざ自分から出てきてくれて、ご苦労なことだ。覚悟していただく」

ひげ男は剣を構える。

「リリアーヌさま、お下がりください」

背後から再び聞こえだしたカーンカーンという甲高い剣が交わる音と共にヤニックの声も聞こえてきたけれど、私は目の前のひげ男だけに集中した。

「わからずや。どれだけ人の命を斬ってきたのです。どれだけ孤児が生まれたと思っているのです。剣からはなにも生まれません」

一歩も引くものか！

自分を奮い立たせて言い放つと、ひげ男は血走った目でギロリと私をにらむ。

「リリアーヌさま、お下がりください」

「来ないで」

バスチューがよろめきながら立ち上がり私に歩み寄ろうとするので、それを制する。

「威勢のいい姫よ。殺すにゃ惜しいが命令なんでな」

ひげ男は眉を上げ、私に向かってきた。

やるしかない。口でわからないのなら、やるしか……。

私の中の闘争心に火がついた。

「バスチュー、下がりなさい」

両足を斜めに大きく開き、下ろしていた剣先をグイッと立てる。

「ダメです。リリアーヌさま！」

バスチューが私のほうに近づいてきたとわかった瞬間、パンと地面を蹴り足を踏み出した。

するとひげ男もすさまじい形相で剣を振り上げる。

「なにっ！」

しかし、ひげ男の剣が振り下ろされた瞬間、大きな体の左側に回り込み、男の足を足でひっかけて倒した。

「剣を捨てなさい」

不恰好に倒れ込んだひげ男の首元に剣を突き立てると、諦めたように剣から手を離す。そしてバスチューが素早くその剣を手にした。

「他の者、この男を助けたければ剣を捨てよ」

すぐさま叫ぶと、うしろで響いていた剣を交える音がピタリとやんだ。

「リリアーヌさま……」

バスチューは呆然と私を見つめてから、向かってこなくなった敵を睨《にら》みつける。

「私の命はそう簡単にはやれません。民の生涯がかかっている」

私は本気で国民を救うという役目を果たすつもりだ。私がユノヘスに行かなければ、大国のうしろ盾のないサノワは再び戦場となってしまうかもしれない。それだけは避けたい。

「でも、あなたたちも同じ。国に帰れば家族が待っているのではありませんか？」

そう言うと、敵の兵はまったく動かなくなった。

「私が戦のない平和な世を作ります。その日が来るまで踏ん張ってはくださいませんか？」

思えば、この者たちにも心配してくれる家族がいるはずだ。命をかけて戦いたくなんてないはず。

「今回はこれで許します。ただし二度目はない。国に戻り、家族を大切にしなさい」

「リリアーヌさま、許すわけには！」

いまだ剣を構えたままのヤニックはひどく驚いた顔をして私を止めるけれど、首を横に振った。

「ヤニック。命は天命が尽きるまでまっとうすべきです。くだらない戦いで失っていいものではありません」

「しかし！」

一歩間違えば殺されていたかもしれないのだから、ヤニックがそう言うのも無理はない。でも、どうしても殺せない。

「ヤニック、バスチューがケガをしています。すぐに治療を。ほら、お前たちはもう行きなさい」

ひげ男以外の敵国の兵が、一歩二歩とあとずさりしたかと思うと足早に去っていく。

「あなたも」

首元の剣を外すと、ひげ男はその場に座った。

「憐《あわれ》みなどいらぬ。殺せ」

ひげ男が頭に被《かぶ》っていた防具を脱ぎ捨て言った時、その様子を見守っていたヤニックが駆け寄ろうとしたのがわかり、手で制して口を開く。

「だから殺さないと言っています。国に帰りなさい」

「女ごときに足をすくわれ、どの面を下げて帰れるものか」

——バシッ！

ひげ男の言葉を聞き、思わず頬を平手打ちしていた。

「くだらないプライドなんて捨てなさい。あなたの命はあなただけのものではない。あなたが死ねば悲しむ家族がいる。そしてまた恨みが生まれる」

最初は領土争いだけだった。それなのに恨みが恨みを呼び、領土争いに加え弔《とむら》い合戦になっている。私はそれに一番胸を痛めていた。

どれだけ剣を交えても、悲しみが増えるだけなのに。

「私の命はさしあげられません」

私はひげ男の前に膝をつき、まっすぐに瞳を見つめる。

「私にも悲しむ家族がいるから」

ひげ男の目から怒りの炎が消えているのがわかり、剣を放り投げた。もう武器は必要ない。

すると彼は目を伏せ、眉をひそめる。

「待っております。平和な世の中がやってくるのを」

「はい」

ひげ男が涙をこらえながらそう言うのを聞き、私は微笑みながらうなずいた。

そして彼は立ち上がり深く頭を下げ走り去った。

「リリアーヌさま！」

すぐさまヤニックが駆け寄ってきたので「ワガママをきいてくれてありがとう」と感謝を伝える。

「そのようなことをなさらないでください。リリアーヌさまをお守りしなくてはなりませんでしたのに……」

それが普通の感覚なのかもしれない。でも私は、ごく一般の庶民と変わらない生活を送ってきたが故、誰かに守られることには慣れていない。

「いえ。私が勝手に出てきたんです。それより、バスチューを馬車へ運んでください」

「はい」

見れば馬車は右前方の車輪が壊されていてもう走れそうにない。

ヤニックと他のふたりがバスチューを馬車に運び入れたけれど、腕からの出血がひどくてバスチューの顔が青ざめている。

ここには治療できる道具はなにもない。

どうしようかと考えあぐね、さっき切り捨てたスカートの生地をさらに引き裂き、彼の腕を縛り上げた。

「心臓に近いところを縛れば出血は収まってくるはずです。あとどれくらいでユノへスに着きますか？」

「馬車はもう無理です。馬で走れば昼ごろには到着できると思いますが、リリアーヌさまをお乗せするのは……」

護衛のひとりが戸惑うけれど、乗馬には自信がある。小さいころからいつも乗っていたからだ。

「それならすぐに行きましょう。ヤニック、バスチューを乗せられる？」

「はい、できますがリリアーヌさまは……」

「私はひとりで平気よ」

ごく普通の顔をして言うと、ヤニックが目を見開く。

「ひとりで、とは……リリアーヌさまがおひとりで馬に乗られるということですか？」

「ええ、そうよ。なにかおかしなことを言ったかしら」

口をあんぐり開けるヤニックを見て、私のほうが驚いてしまった。

王宮で暮らすような姫君は、馬に乗ったりしないんだ……。

初めて知った事実に衝撃を受けつつも、私は馬にまたがった。

馬は四頭。ヤニックがバスチューを乗せ走り出す。

「リリアーヌさま、お気をつけください」

ヤニックが私を気遣ってくれるけれど、このくらいお手の物。いや、馬車で退屈しているより、こうして風を感じながら走っているほうがずっといい。

「大丈夫よ。それよりバスチューは平気？」

「はい。ご心配には及びません」

バスチューの意識ははっきりとしていて、馬に乗るのも支障がなさそうだ。

どうやら命に関わるような傷ではなかったと胸を撫で下ろしたけれど、一刻も早く治療を受けさせたくて先を急いだ。

冷酷王太子との対面

「頑張りすぎたかしら」

蹄《ひづめ》の音も高らかに必死に馬を走らせると、ユノヘスの王宮にたどり着いたのは太陽が南に上りきる前だった。

私は目の前に現れた王宮が見えないほどの高い塀と、頑丈かつ重そうな鉄の門に唖然としていた。

これは恐らく、敵の襲撃から王宮を守るためだろう。

「バスチューさま、どうされましたか！」

私たちがその門に近づいていくと、すぐに門番が飛んできてバスチューに駆け寄る。

「私はいい。サノワ国のリリアーヌさまだ。門を開け、すぐに王太子さまに到着をお伝えしろ」

「はいっ」

門番は、馬にまたがり、しかもひどい身なりをしている私に首を傾げつつも、用件を伝えるために走り去った。

「よく走ってくれたわね。ありがとう」

ここまで必死に走ってきてくれた馬に声をかけてから下り、すぐさまバスチューに駆け寄って傷の具合を確認する。

そのうしろではギギーッと音を立てて門が開く音がした。

「医者をお願いします。すぐに治療を！」

王宮の中の人に届くよう、大きな声を張り上げる。

「私のことはお気になさらず」

バスチューは苦しげな顔をしながらも首を振った。

「そんなわけにはいきません。とにかく中に運んで」

ヤニックに伝えると、彼はバスチューを抱えて開いた門の中へと足を踏み入れる。

そして私も。

すると、目に飛び込んできたユノへス国の王宮はサノワ国の王宮より数倍は大きく、愕然《がくぜん》としてしまう。

北の方角には高い塔がそびえ立ち、ユノへスの旗が風に煽られていた。

あまりの壮大さに言葉を失くしていると、バスチューの膝がガクンと落ちる。

「バスチュー！」

「申し訳ございません。大丈夫です」

「強がらないで。あなたはケガ人なのよ？」

ちっとも大丈夫じゃない。

私はその場で彼の腕に巻いてあった布を取り、傷の具合を確認しようとした。

「サノワから来た者か？」

その時、突然背後から低い声がしてビクッと震える。

「はい」

私は振り向いて返事をした。

そこには、美しい金色の髪を風になびかせ、狼のような琥珀《こはく》色の目を持った大きな男が立っていた。彼の鼻筋はスッと通っていて高く、眉は凛々《りり》しい。歳のころは三十前といったところだろうか。がっしりとした体は筋肉質のように見え、背はゆうに百九十センチほどもある。

濃紺の軍服には立派な金の肩章がついており、左の胸元にいくつかの勲章まである。とすると、恐らく高貴な人であろうと予測はついたけれど、圧倒的な存在感を放つこの人はいったい誰だろう。

「リリアーヌ姫はどこに？」

「シャルヴェさま、こちらがリリアーヌ姫でございます」

バスチューが跪《ひざまず》き、首を垂れる。

シャルヴェさまって……彼が王太子さまなの？

「この者がリリアーヌだと？」

王太子さまの鋭い視線が、私の頭から足先まで這《は》う。

「女がひとり、馬に乗って現れたと聞いたが」

「はい、私です」

冷酷と言われる彼らしい大きな体と鋭い視線に気圧されたものの、私はこの人と結ばれるためにここに来たのだ。いちいちひるんではいられない。

それに、他国の兵に襲われるという思わぬ事態に遭遇したあとだからか、さほど怖いとも思わなかった。

私は小さく会釈をして、笑顔を作る。

「お前が？」

「お会いできるのを楽しみにしておりました」

そう返すと、王太子さまは目を丸くして今度はバスチューに視線を移した。

「バスチュー。お前はなぜ血を流している。それに、リリアーヌ姫のこの身なりはなんだ」

「申し訳ございません。途中、他国の兵とおぼしき者に襲われました」

「なに!?」

ギュッと大きな手を握りしめた王太子さまは、大きな声を上げ表情を硬くする。

さらには、彼の少しうしろにいた白髭《しろひげ》の初老の男までもが鋭い視線をバスチューに向ける。

あの人は誰？

「我が国とサノワ国が手を組むことを阻止しようとしたのだと思われます」

バスチューは肩で息をしながら報告をした。

「それでリリアーヌ姫の服装が乱れているのか？　お前は守れなかったのか！」

突然声を荒らげた白髭の男に驚いた私は、バスチューの前に立ち塞がる。

違う。バスチューは私のためにケガをしたの。私のために命をかけてくれたの。ちゃんと守ってくれた――。

「違います。動きにくくて……これは自分でやりました。それにバスチューは私を守ってくれました。だからここにこうして来られたんです。彼はケガをしているんです。どうか手当てを」

難しい話はあとでもいい。とにかくバスチューのケガをなんとかしたい。

「それには及ばぬ。バスチュー、姫を守れないとはなんたる失態。覚悟はできているな」

覚悟って？

王太子さまの言葉にひどく驚きバスチューに視線を送ると、彼は顔をしかめてガクンとうなだれてしまった。

そして王太子さまは腰に差してあった剣を引き抜き、近づいてくる。

「なにをなさるんです？」

「大切な姫を危ない目に遭わせたんだ。ただでは済むまい」

まさか、処刑するつもり？　そんなのありえない。

「おやめください！」

私はとっさにバスチューの前で大きく手を広げた。

「リリアーヌさま」

ヤニックが小声で私を止めようとしているのがわかったものの、それには従えない。

私のことを必死に守ってくれようとしたバスチューを、今度は私が守りたい。

「バスチューは私のために負傷しました。命をかけて戦おうとしてくれた者に剣を向けるなんて、おやめください」

するとと王太子さまは、眉をひそめる。


「それに、バスチューは私に馬車の中に留まるように言いました。でも、従わなかったのは私です」

「なぜだ」

王太子さまは険しい視線を私に向け、尋ねる。

「私は血を流すことが好きではありません。戦いを止めたかったんです」

必死になって訴えた。バスチューを死なせるわけにはいかない。絶対に。

「止まるわけがない。剣には剣しか有効ではない」

凄みのある低い声に一瞬たじろいだものの、私は首を横に振る。

「いえ、王太子さま！」

するとその時、ヤニックが飛び出してきて王太子さまの前に跪き、口を開いた。

「誰だ？」

「リリアーヌさまに着いてまいりました、サノワのヤニックと申します。失礼は承知で申し上げます。リリアーヌさまは、私たちが剣を交えておりましたところに出てこられまして、あっという間に敵国兵士を黙らせました。剣を使われたのはご自分のドレスを破られた時だけ」

ヤニックの言葉に、王太子さまはハッとした顔をする。

「黙らせたとは？」

「はい。剣を使うことなく首領を捕らえ、『私が戦のない平和な世を作ります。国に戻り、家族を大切にしなさい』と諭されました」

ヤニックの言葉を聞いた王太子さまの眉が、みるみるうちにつり上がる。

「それでは、その反逆者を逃がしたのか⁉」

王太子さまは怒りをあらわにして、剣をガシャンと地面に突き刺した。

「そのとおりです。王太子さまが私を『危ない目に遭わせた』と心配してくださったように、あの者たちにも心配する家族がいます」

私はヤニックに続いた。

どうしてもわかってもらいたい。

「まったく理解できない」

王太子さまは吐き捨てる。

それもそうかもしれない。彼は敵を斬ることで国を守ってきたのだから。

それでも少しは心が動いたのか、剣を収めてくれた。

とはいえ首を横に振りながら呆れた様子で再び私に視線を送り、「はー」と大きなため息をついている。

「エドガー、バスチューの治療をしてやれ」

「かしこまりました」

そして白髭の男の横に控えていた、歳のころヤニックと同じくらいであろう銀髪の若い男に告げる。

「姫はこちらに。ヤニックとやらはその汚れた身を清めてこい」

彼はそう言い残し、身を翻《ひるがえ》す。

「リリアーヌさま……」

離れなければならないことになったヤニックが心配そうに囁《ささや》く。

「大丈夫よ。王太子さまはお優しかったでしょ？」

私が笑顔を作ると、ヤニックは「はい」と言いつつも眉をひそめた。

門から王宮の玄関までの間に広がる中庭は、さまざまな種類の花々が咲き乱れ手入れが行き届いている。その真ん中に敷き詰められた石畳を王太子さまのあとに続くと、そのうしろからは白髭の男がついてくる。

ヤニックは別の男に案内されているようだ。

私はまるで捕まってしまった敵国の捕虜のような気持ちを味わいながら、それでも前を歩く王太子さまの大きな背中を見て、必死に心を落ち着かせようとした。

大丈夫。私はこの人の妃になるの。

王宮に一歩足を踏み入れると、サノワの王宮よりずっと高い天井と美しい装飾画に目を奪われ、キョロキョロしてしまう。

その豪華さは、サノワの王宮とは比べ物にならないほどだった。

「リリアーヌ」

「はい」

ヤニックと別れてからひと言も口を開こうとしなかった王太子さまが、振り向くことなく私の名を口にする。

「お前は俺の妃になるんだ。あまり無茶は困る」

やっぱりお優しいじゃない。

私はホッと胸を撫で下ろした。

「申し訳ございません。つい」

「『つい』とはなんだ。いったいどんな暮らしをしてきたんだ。王族の姫ともなれば、戦の真ん中に立ち、剣を振り回すことなどなかったはずだ」

私だってさすがに戦闘に加わったことなどない。

とはいえ、姉たちとは違い護衛がついているわけでもなかったので、なにかの時に備えて剣術も身のこなし方も積極的に教えをこうてきた。

そういう意味では、やはり変わった姫なのだろう。

「はい。ですが私は剣術も乗馬も大好きでございます。ただ、私の剣は身を守るためにあるのであって、誰かを斬るためではございません」

「リリアーヌさま、シャルヴェさまにお口がすぎます」

白髭の男にピシャリと叱られてしまった。

どうやらここでは自分の意見を言うことも許されないらしい。

「ランシャン、もういい。お前は下がれ」

「はっ」

自分よりずっと年上のランシャンと呼ばれる白髭の男をひと言で黙らせた王太子さまを見て、冷酷非道と噂される彼の絶対的な権力を感じた。

「リリアーヌ」

「はい」

再び口を開いた王太子さまは、硬い表情を崩すことなく「フー」とため息を漏らす。

「お前の言うことはキレイごとだ。斬らねば斬られる。よく心得ておけ」

彼は少し声量を増して言った。

「それと、ここでは乗馬も禁止だ。妃たるもの、俺の世話を焼くだけでいい」

馬に乗れないなんて……。

『それはいやです』と言いそうになり、慌てて言葉を呑み込む。恐らくここでは王太子さまの言うことが絶対なのだ。

でも、『妃たるもの』と言ってもらえたわ。

自由に馬に乗れないことに少し落胆しつつ、『妃』として受け入れてもらえることがわかり、安堵《あんど》の胸を撫で下ろす。

「あの……王太子さま。不測の事態でお礼を言うことを忘れておりました。私のような者を妃として迎えてくださり、ありがとうございます」

最初に言うべき言葉を忘れていた。

それを思い出して口にすると、彼はようやく視線を合わせてくれた。

「なにを勘違いしているのか知らないが、妃なんて名ばかりのもの。我が国は何人でも娶《めと》ることができるんだぞ。お前はただの人質だ。わかってここに来たんだろう？」

王太子さまの心無い言葉に一瞬戸惑いはしたけれど、それは最初からわかっていたこと。たとえ人質だとしても受け入れてもらえるのなら、これから愛されるように努力を重ねればいい。

「もちろんわかっております。ですが私は、王太子さまに恋をしにまいりました」

「恋だと？」

彼は今までの険しい顔から一転、大きく目を開き驚いた様子で私を見つめる。

「はい。私は王太子さまが置いてくださるのなら、生涯をここでまっとうする覚悟でまいりました。それならば、好きなお方のそばで暮らしたいと思います。私はこれから王太子さまに恋をします」

これは、父からユノヘスに嫁ぐように言われてからずっと胸に秘めていたことだ。王太子さまがどう思おうと、私は彼に恋をしてアリアナのように笑って暮らしたい。

そう言うと、王太子さまは私をじっと見つめ、関節の太い男の手で私の顎を持ち上げる。

な、なに？

「それでは、口づけでもしておくか？」

「く、口づけ……」

それは、唇と唇を重ね合わせるということ？

アリアナに好きな人との口づけはたまらなく心地いいものだと聞いたことがあるけれど、まだ会ったばかりなのにそんなことをするの？

動揺して固まっている私に熱い視線を注ぐ王太子さまは、そのまま顔を近づけてくる。

「あっ、いやっ」

けれども、彼の吐息がかかり唇が触れそうになったところで顔をそむけてしまった。

「フッ、その程度の覚悟か。まぁ、勝手にするがいい」

彼が呆れ顔で言うのを、飛び跳ねる心臓を持て余しながら聞いていた。

「とにかくその身なりでは困る。コールはどこだ」

恥ずかしさに頬を赤らめアタフタしている私の横で彼が声を上げると、すぐにひとりの女性が現れ、跪く。

長い赤毛をきつくひとつにまとめているからか、かっちりとした印象の彼女は、歳のころ三十代後半といったところだろうか。

細く整えられた眉は一見冷たい印象だったけれど、私にチラリと視線を送った二重の瞳は優しげだった。

「王太子さま、なにかご用ですか?」

「サノワ国のリリアーヌだ。身なりを整えてやれ」

「かしこまりました。リリアーヌさま、こちらへ」

コールに促された私は、王太子さまと離れ別の部屋に向かうことになった。

「あの、コールさんは……」

「コールで結構でございます。長旅お疲れさまでした。今後私がリリアーヌさまのお世話をさせていただきます」

コールが私の侍女となってくれるということか。

彼女は両手をへその前で合わせ、ピンと伸ばした背筋を腰から折り私に頭を下げる。

その動作があまりにきびきびとしていて、緊張してしまう。

けれど次に顔を上げた時、彼女が口元を緩めて優しく微笑んでくれたのでホッとした。

真面目な人なんだわ、きっと。

身の回りの世話など誰かにしてもらったことはないけれど、王太子の妃となれば、そうした存在もいなくてはならないのかもしれない。

しかし、なんだかくすぐったくもあった。

「よろしくお願いします」

「なにをなさっているのです？　私たちのような者に頭を下げてはなりません」

私が深く頭を下げると、コールはひどく慌てふためく。

「どうしてです？　誰かになにかを頼む時は、こうして頭を下げるのが当然です」

「いえ。リリアーヌさまが頭を下げられるのは、王太子さまと国王さまだけです。他の者にはなりません」

そういうものなの？

私はここに来てから一番の不思議を経験していた。身分の高い低いに関係なく、誰かに頼みごとをする時には頭を下げるべきだと思っていたからだ。

「なんだか、複雑なのね」

「なにが、でしょう？」

コールは不思議そうな顔をする。

どうやらそれが当たり前らしい。違う世界に舞い込んでしまったようだ。

「それにしても、リリアーヌさま。それはどうされたのですか？」

彼女は切り裂かれた私のドレスを見て首を傾げる。

「あっ、これは、兵に襲われた時に邪魔で……」

「兵！」

コールは思わず、という感じで大きな声を上げた。

「あっ、バスチューたちが助けてくれたから大丈夫よ。でもその時邪魔で、自分で切ってしまったの」

「ご自分で！」

今にも卒倒しそうな彼女は、目を白黒させている。

やっぱり……ダメだったかしら？

「あはは」

顔を青くするコールを見て冷や汗が出たけれど、なんとか笑ってみせた。

どうやら私、相当変みたいね……。

それでも、王宮の暮らしなど知らないのだから、なにが常識なのかわからなかった。

「とりあえず身をお清めください。リリアーヌさまのお召し物はたくさんご用意がございます。王太子さまが直々にお選びになられたんですよ。さ、こちらへどうぞ」

王太子さまが用意してくれたの？

彼は『お前はただの人質だ』と言い放ったけれど、やっぱりお優しいじゃない。

コールに着いていくと冷たい石の壁が長く続き、何度も角を曲がって王宮の奥まで迷い込んだ。いや、実際には迷い込んだわけではないけれど、ひとりでは元の場所まで戻れる自信がない。

王宮は広すぎて驚くばかり。でも、そのわりには人の気配がない。

「コール、ここには人はいないの？」

「最低限の人数しかおりません。王太子さまが大勢の人に囲まれるのを好まれないのと、安全のためです」

「安全？」

それならたくさんの兵にいてもらったほうが安心では？

「はい。人が多ければそれだけ身辺調査に時間がかかりますし、隙《すき》も生まれ、忍び込むことが簡単になります。それに身辺調査をしたところで中には裏切るものもおりますし」

「裏切る……」

そんなことを考えたことがなかったので仰天してしまった。

王宮で暮らすのも、大変なんだ。

王宮はもっときらびやかな世界だとばかり思っていた私は、言葉を失くした。でも、それもこれも国同士が対立し、戦いがあるからだろう。

「さ、こちらです」

コールに促されようやくたどり着いたのは湯殿《ゆどの》だった。

「お脱ぎください」

コールは平然とした顔でとんでもないことを口にする。

「え……脱ぐんですか？」

「私がお背中をお流しいたします」

ち、ちょっと。そんなことまでしてもらうのが普通なの？

「いえいえ。大丈夫です。いろいろあったので、少しひとりになりたいですし」

私はコールの機嫌を損ねないように、慌てて言った。

湯に入る時くらい自由にさせてもらいたい。

「そうですか。それならば今回はそういたしましょう。ただし、王太子さまと寝屋を共にされる時は、私が清めさせていただきます」

「はっ……」

さっきから思考が固まることばかりだ。

それって、王太子さまと裸で眠る日のこと？　『今日です』って言わなきゃいけないの？　それとも王太子さまから言われるの？

アリアナから裸でベッドを共にすると聞いたけれど、その他の儀礼についてはなにも知らない。もっと聞いておくべきだったと後悔した。

コールが行ってしまうと、早速破れたドレスを脱ぎ捨てる。

「はぁー。息が吸える……」

どこかの国の兵に襲われてから、息つく暇もなかった。

バスチューのケガに青ざめ、王太子さまが剣に手をかけた時は焦った。しかし、こうしてすべてが丸く収まったことにホッとしていた。

バスチューのケガは大丈夫だろうか。そしてヤニックは？　わからないことだらけだ。でも、誰かに聞こうにもコールしか頼れる人はいない。

とにかく早く湯を浴びて、コールに聞かなくては。

ソワソワしながら湯殿の扉を開けると……。

「なんてこと？」

思わず声が出てしまったのは、その広さに驚いたからだ。ほんのり白濁したお湯の入った湯船は、恐らく十人は軽く入れる。

王宮ってどこもこんなにすごいの？　いや、大国のユノヘスだから？

「私、すごいところに来ちゃったみたいね」

思わず本音が口をついて出てしまう。

ユノヘスが力を持った大きな国だということは知っていたけれど、想像を超えていた。

それでも、湯につかるとリラックスできる。

白濁した湯は少しぬるぬるしていて、サノワでいつだったか入ったことがある温泉を思わせた。

「王太子さま……」

大歓迎というわけにはやはりいかなかったものの、一生添い遂げる覚悟はある。

いきなりバスチューに剣を向けた彼に驚いたけれど、結局許してくれた。怖いばかりではない、きっと話せばわかってくれるはずだ。

「恋、できるかしら」

私は湯につかりながら王太子さまのことをぼんやりと考えていた。

湯殿を出るとコールが用意してくれていたドレスを手に取った。

足がすっぽり隠れてしまうほど長いドレスは苦手だけれど、仕方がない。でも、サノワを出る時に着せられたドレスとは違い上質なシルクで作られていて、肌触りも滑らかだ。

仕立てがいいのか体の動きが妨げられず、スムーズに動く。その深藍色《ふかあいいろ》のドレスには銀糸で刺繍《ししゅう》が施されていて、庶民には縁のない高級品だった。

「リリアーヌさま。いかがでしたか？」

「はい。とても気持ちよかったです」

湯殿の外で待っていたコールにそう答えると、彼女は笑顔でうなずく。

「それより、バスチューと、一緒に来たヤニックのことを知りませんか？」

ふたりのことがとにかく心配だ。

「はい。バスチューは少々出血が多かったものの、命に関わるような状態ではないと。少し療養すればよくなるそうです」

よかった……。

コールの返事を聞いてひとまず安堵した。

「ヤニックは？」

「ヤニックさまは……わかりかねます」

一瞬、彼女が目を逸らしたのが気になってしまう。

まさか……。王太子さまは私のことを『人質』と言った。それなら私と共に来たヤニックもそういうことになる。

「王太子さまは、ヤニックを手をかけたりは……」

「そのようなことはなさりませんよ。ご安心ください。さぁ、こちらです」

そう言われたものの、一抹《いちまつ》の不安は拭えない。しかし、どうすることもできず、コールに促されるまま再び長い廊下を歩き、大きな部屋に移った。

「なに、これ……」

美しい装飾が施され、磨き込まれたような褐色の調度品が溢れるその部屋は、真ん中に大きすぎるベッドが置かれていて、私が母と一緒に住んでいた家が丸ごと入りそうなほどの広さだ。

「リリアーヌさまには、これからここで生活していただきます」

「私の部屋!?」

思わず大きな声を上げるとコールはうなずく。

てっきり王太子さまと同じ部屋だと思っていたのに、広いもののどう見てもひとり用だ。

なぜなら、朱色のカーテンやフリルのついた枕カバー。これらをあの王太子さまが愛用しているようには思えなかったからだ。

そうか。彼の妃は私ひとりではないんだわ……。

世継ぎがまだないだけで、妃がいないわけではないだろう。

それもわかっていて来たはずなのに、なぜか落胆した。

「王太子さまは、どちらのお部屋で？」

「王太子さまの部屋は、中央広間を挟み東側になります。おひとりを好まれますので、夜、お呼びになられた時だけ行かれれば大丈夫です」

それじゃあ、裸で寝るだけであとは一緒にはいられないの？　アリアナは、出かける時も家にいる時も旦那さまと一緒のことが多く、それを微笑ましく思っていたのに。少し残念だ。

「お食事の時は？」

「食事はバスチューたちと一緒にとられることもありますが、お部屋に運ぶように言われることが多いです」

「そう……。他の妃は？」

私が聞くと、コールは首を傾げる。

「他の、と申しますと？」

「王太子さまは何人も妃がいらっしゃるんでしょう？」

私は何番目かしら？

大真面目に尋ねると、コールは頬を緩ませクスッと笑う。

「王太子妃はひとりもいらっしゃいませんよ」

「えっ！」

私は目を丸くした。まさか、ひとりもいないなんて。

「かつて数人の女性が、お妃さま候補としてこの王宮に上がられました。ですが数日でここを去られています。そのほとんどが、初めて王太子さまの部屋に呼ばれた翌朝で……」

「それはどうして？」

「いえ。申し訳ありません。おしゃべりがすぎました。少し休憩なさってください。今、お茶と果物を運びます」

コールは言葉を濁したまま部屋を出ていってしまう。

「初めて部屋に呼ばれた翌朝って……」

その、つまり……一緒に裸で眠ったあと、ということ？

やはり一緒に眠るのはハードルが高いのかもしれないと思ったものの、アリアナは『愛を感じる、とっても素敵なことがある』とも言っていたし。

なにが本当なのだろう。

私は不思議に思いながら大きな窓を開け放ち、ベランダに出た。

「うーん。気持ちいい」

目の前に見える大きな樫《かし》の木が、緊張していた心を和ませてくれる。

こんなドレスを着せられていなければ、登って景色を眺めるのもいいのに。

そしてふとサノワのことを思い出す。

皆、元気にしてるかしら……。

サノワにいる時は、子供たちを集めよく遊んでいた。

と言っても、私自身が裕福とは言い難《がた》い生活をしていたので、自然の中で遊ぶことを覚え、それを教えていただけなのだけど。

春になれば丘一面に咲くクローバーで冠《かんむり》を作り、夏は近くの小川で水遊び。秋はどんぐりで駒を作り、冬は雪合戦。なにもなくても楽しい日々だった。

いやだ私、来たばかりなのに、もうホームシック？

「ヤニック……」

ヤニックはどうしているのだろう。

コールはああ言ったものの、不遇な扱いを受けていなければいいのだけど……。

王太子さまは少し強引な感じの人だった。私のために一緒に来てくれたヤニックのことが気になり、いてもたってもいられない。

コールはヤニックのことを『わかりかねます』と言ったけれど、もしかして口止めされているのかもしれない。そんなことを考えて不安になる。

「リリアーヌさま、お茶をお持ちしました」

「は、はい。どうぞ」

コールが甘い香りのする紅茶を持ってきてくれたので部屋の中に戻ると、父に会った時と同じような立派な食器がテーブルに並んだ。

「ユノヘスは素敵なところね。緑が溢れてる」

「はい。王太子さまができるだけ緑を排除しないようにと、庭師に申し付けておりますので」

「王太子さまが？」

ティーポットからカップに紅茶を注ぐコールは、大きくうなずく。

「はい。自然の恵みはユノヘスの宝だといつもおっしゃっています。我が国の主要産業は鉱業ではありますが、農業に携わる国民にもいつも目をかけてくださって……とても人気があるんですよ」

怖いと聞いていたのは、間違いだったのかしら？

しかし、どうしてもバスチューに剣を向けたときの彼の鋭い瞳を思い出してしまう。

「あの、王太子さまはとても威厳《いげん》があって、その、えっと、少し怖いと聞いていたのですが……」

どうやってやんわりと聞こうかと言葉を選んでいたのに、結局ストレートに質問してしまった。

あぁ、会話のスキルが欲しい。

「そうですね。戦の時は人が変わったようになられるとの噂です。王太子さまが先導して軍を率い、敵国の兵は容赦なく斬り捨てるとか」

やっぱりそうなのね。

バスチューに剣を向けた時の鋭い視線は、戦を彷彿とさせる。

「あまりお笑いになりませんし、そのせいもあるのかと」

たしかにまだ笑顔を見ていない。

「そう、ですか」

私はコールの淹れてくれた紅茶に手を伸ばした。

もっともっと、ユノヘスと王太子さまのことを知りたい。

「あの……白髭のランシャンさんは、なにをなさっている方なんですか？」

この際わからないことはすべてコールに聞いてしまおう。

「はい、ランシャンさまは、シャルヴェさまの幼少期からの教育係のような存在だと聞いております。今でもなおシャルヴェさまの信頼が厚いお方です」

「教育係……」

でも、さっきの様子では完全に格下の扱いだったけど、そういうものなのかしら？

首を傾げていると「なにか？」とコールが聞いてくる。

「いえ、王太子さまがランシャンさんに命令されていたので」

「あぁ、それを不思議に思われたんですね」

私は大きくうなずいた。サノワではなにかを教えてくれる師は、たとえ父の側近でも街の仲間でも、常に敬《うやま》うべき存在だと母から教えられてきたからだ。

「それはそうですよ。いくらランシャンさまが教育係だったとはいえ、王太子たるもの威厳を保たなければなりません。自分より下の立場の者に頭を下げているのでは、王太子という存在自体が揺らぎます。そういうちょっとしたほころびから国が亡びることもあるんです」

「そうなのね」

初めて知ることばかりで、思わずそう漏らしてしまった。

「リリアーヌさまもそうだったのでは？」

「あっ、私は……。ええ、そうね」

王宮で暮らしたことがないことがバレてはまずい。

まさか人質として差し出された姫が、サノワにとってたいして重要な人間ではないと王太子さまに知られるのは得策ではない。

もう既にコールに頭を下げ、とがめられていた私は、これ以上の失態は許されないと言葉を濁した。

「もうひとり若い……」

「エドガーですね。彼はランシャンさまの息子で、頭脳明晰《ずのうめいせき》なんですよ。戦術を立てる際には王太子さまも頼りにされています」

息子なのね。そういえば、口元がちょっと似てたかも。

「リリアーヌさま。このすももは我が国の自慢の果物です。甘酸っぱくて病みつきになりますよ。是非お召し上がりください」

「ありがとう」

紅茶を口にしていた私は、コールに勧《すす》められるがままにすももにかじりついた。

「酸っぱーい」

「そうですか？　すももは皮が酸っぱいので、食べにくければ皮をお剝きします」

彼女がすももに手を伸ばすので、慌てて止める。

「皮くらい自分で……」

「手が汚れますので、私が」

いくら私が止めても、コールは皮を剝くことをやめようとはしない。子供のころですら自分で剝いていたのにと、驚いてしまい言葉を失くす。

王宮ではこれが普通なの？　侍女がいるって、こういうことなの？

「リリアーヌさまは、すももを召し上がったことがないのですか？」

「いいえ。サノワのすももはもう少し甘かったです」

『皮は自分で剝きました』という言葉を呑み込みながら言うと、「まぁ、食べてみたいですわ」とコールは微笑む。

「いつかサノワに行くことがあれば」

平和な世がやってきて、自由に行き来できるようになるといいのに。そうすればお母さまをユノヘスに招待することだってできる。

そう思いながら、コールが剝いてくれたすももを口に入れた。

「王宮の中をお散歩しても構わないかしら？」

すももをすっかり食べ終わると、コールに尋ねた。

これからここで過ごすなら王宮の中のことも知っておきたいと思ったからだ。

「それはおやめください。いくら王宮とはいえ、王太子さまの妃となるべきお方には護衛が必要です。必要ならば誰かを呼びますので、この部屋を出られる時には私にお申し付けください。それでは、食事の時にまたまいります」

コールはそれだけ言うと、部屋を出ていく。

それじゃあ、軟禁じゃない。

ドアに鍵はかかっていない。一見自由であるように見えるが、実はそうではない。

「そんなこと言ったって、無理よね」

いくら広いとはいえ、ずっとこの部屋でひとりきりなんて気が滅入ってしまいそう。

それに、ヤニックとバスチューのことが気になって仕方ない。

「コール、ごめんね」

コールへの謝罪の言葉を口にしながら、持ってきた小さな荷物をベッドの上に広げる。

「やっぱりこうでないと」

そしてドレスを脱ぎ捨て、いつも剣術の練習の時に使っていたズボンに着替える。

足にピッタリとフィットするズボンをはき、ももの辺りまである長めの上着を纏って腰にベルトを巻く。これで動きは妨げられない。

私には男のように力がないので、俊敏《しゅんびん》さこそが命。実際、兵に襲われた時も力は一切使っていない。

だから、万が一に備えて動きにくい服装は言語道断《ごんごどうだん》だった。

着替えをすませたあと、そっと部屋の重いドアを開け廊下の様子をうかがってみる。安全のためできるだけ人を排除していると聞いたけれど、それにしてもしーんと静まり返っていすぎて、不気味なくらいだ。

「今なら大丈夫」

私は人の目がないことを確認して、部屋を抜け出し探検を始めた。

「でも、どこに行ったら……」

長く続く廊下の左右にはたくさんのドアが見える。けれども、どのドアがなんの部屋なのかもわからず、安易に開けるわけにもいかない。

仕方ない。

とりあえず、外に出て王宮全体を見てみることにした。

「あっ……」

何度か角を曲がりやっと玄関にたどり着いたものの、長い槍《やり》を持った護衛の兵がふたり、微動だにせず立っている。

「どうしよう」

ここ以外に出口を知らない。

これ、使えるかな？

端に置かれているほうきを見つけた私は、手に取り自分とは反対の方に投げた。

――カランカラン。

「何者！」

門番はとっさに反応して音のした方に駆け寄っていく。

「今だ」

物陰に身をひそめていた私は、門番が音に気を取られている間にこっそり玄関をすり抜けた。

「成功！」

コールに叱られそうだと思いながらも、今は外に出られたという喜びが勝っている。

やっぱり自由になるって最高だ。

「あった。すごく立派！」

そして部屋のベランダから見えた大きな樫の木を見つけ、早速木登りを始める。

「あっ！」

途中で手が滑り片手が離れたものの、そこは経験がものを言う。足を幹にかけ無事だった。

それから次々と枝に手をかけ移動し上がっていく。幼いころから木登りが得意で、『まるでリスね』とよく母に言われていたものだ。

「わーっ！　いい眺め」

樫の木の上からユノヘスの街並みが一望できる。

サノワよりずっと家が多い。それに、道が碁盤《ごばん》の目のように規則正しく、東西、そして南北に並んでいる。

そうやって統制が取れていることも、国王の権力の証のような気がした。

遠くには森が広がっていて、たくさんの自然の恵みもありそう。

「あそこから取ってきたのかしら……」

すぐ近くには、赤く熟れたすももらしき実がたくさんなっている木も見える。

そして、街の東側には大きな川も流れている。

水はとても大切だ。食物を育てるのにも、人の喉《のど》を潤《うるお》すのにも欠かせない。水の豊富な国は栄えると聞いたことがあるけれど、そのとおりかもしれない。サノワにも美しい川があり、おかげで食物がよくとれた。

その結果、領土を狙われてしまったのは悲しいことだけれど。

「ヤニックは、どこかしら」

木に登り窓から部屋を覗けば人の動きがわかるかもしれないと思ったのに、多くの窓はカーテンが閉められていて、中の様子までわからない。

「ダメか……」

こうなったら王太子さまに直接聞くしかないかと諦め木を下りようとした時、視界に黒いものが飛び込んできた。

「なに、あれ？」

目を凝らすと、それは煙だった。隙間からはチラチラと赤い炎まで見える。

「火事だ！」

とっさに叫んだその時、馬小屋が目に入った。

急いで高い位置から飛び下り馬小屋に向かったところ、さっきの門番に気づかれてしまった。

「何者だ！」

「サノワのリリアーヌです。王太子さまにお伝えください。街が火事です」

私は毅然とした態度で告げる。

「リリアーヌさまですと？」

門番は、突然姿を現した私が王族の姫だとはにわかには信じられないのだろう。呆然としている。

こんな姿で木から下りてきたんだもの、仕方がない。でも、今は一刻一秒を争う。

「火事です！　早く人を集めて消火の準備を。街が燃えてしまう。あの煙を見なさい」

さっきより太く黒い煙が空に上がっていくのが見える。

「は、はい。すぐに」

煙を確認した門番の顔が一瞬にして焦りの色を纏う。

「私は馬を借ります」

「なにをなさる気で……」

私は門番の質問に答えることなく馬小屋に行き、一番手前にいたつやつやの毛並みの茶褐色の馬にまたがった。

「その馬は、普通の者には乗りこなせま……」

「私は人を集めてと言っているんです！」

「は、はい」

今はつべこべ言っていられない。

少し大きな声を出すと、門番はやっと王宮の中に走り込んでいった。

「よろしくね。行くわよ」

そして馬に声をかけ、手綱《たづな》を引いて門に向かう。

「王太子さまからの命で街に向かいます。ここを開けなさい」

努めて冷静に門番に告げる。本当は誰かに命令するなんて苦手だ。でもここで威厳を保たなければ開けてもらえない
それは王太子さまが年上のランシャンに命令を下すのに似ていた。

「し、しかし……」

「早くしなさい。街が燃えている」

「燃えて？」

私が指差した方角に煙が立ち上るのを見つけた数人の兵が顔を見合わせ、門を開け始めた。

これほどあっさり門を開けてくれるとは思ってもいなかったけれど、とにかく今はあそこに駆けつけ、消火を手伝わなければ。

樫の木の上から見たところでは、あの辺りは家が密集していて、早く消し止めなければ次々と引火してしまう。

サノワでもよくあったので、火事の恐ろしさはわかっているつもりだ。

「兵を集めて消火の手伝いをお願いします。私は先に……」

私はそれだけ言い残し、馬の腹を蹴り走り出した。

「いいわよ。速いわ。あなたお利口さんね」

ビュンビュンと風を切る音が心地いいほど、馬は猛スピードで街を駆け抜けていく。

こんなに俊敏な馬に乗ったのは初めてだった。

「あの煙の方に行くのよ」

突然現れた私と馬に驚く街の人々はざわつき、落ち着きをなくし始める。

でもこういう時だからこそ、冷静に的確な指示をしなければ。

「火事よ。子供は逃げなさい。大人の男は消火を手伝って」

現場に近づき具体的な指示を口にしながらさらに馬を走らせると、火事に気がついていなかった住民が次々と外に出てくる。

「早くしなさい。子供は逃げて！」

こんなに大勢の人を動かした経験などない。でも、やるしかない。

「誰か、馬をお願い。あと水を汲《く》める壺を貸して！」

現場近くで馬を下り近くにいた人に預けて必死に訴えていると、たくさんの壺が差し出され、力のありそうな男たちが集結し始める。

そして私は、一目散に火の手の上がっている家に近づいた。

「誰か……助けて」

すると、家の前で泣き崩れる女の人がひとりいるのを見つけ、ハッとする。

「どうしたの？　まだ誰か中にいるの？」

「あぁぁっ」

大きな声で尋ねても、その人は泣き声を上げるだけ。

「しっかりしなさい。いるの？」

私は仕方なく頬をピシャリと叩いた。

泣いていても助からない。

「子供が……」

それを聞いた私は、近くで消火活動を始めた男のところに駆け寄り、水の入った壺を借りて頭からかぶった。

「なにするつもりだ？」

男が目を真ん丸にしている。

「一杯だけでは追いつきません。川から運ぶのです。何人かで等間隔に立って、水を隣の人に渡していって」

あの樫の木に登った時、少し離れたところに川の支流があるのを見つけた。そこから運ぶしかない。

私が指示を出すと「わかった」と人が動き始めた。

あとはこの人たちに任せて……私は燃えている家の周りを回り、比較的火の勢いの弱い場所を見つけ、意を決して飛び込んだ。

「誰か、誰かいる？」

そして大声を張り上げると「助けて」という男の子のか細い声がする。

バチバチという激しい炎の音にかき消されそうなその声は、何度も「熱いよー」と訴えてくる。

私は燃え落ちた柱をよけながら、その声の方向に足を向けた。

「いた！」

中に入っていくと、うずくまって泣いている男の子を見つけた。すぐさま彼の手を引き元来た方向を目指す。

「今は泣かないで。必ず助けるから」

こういう時は落ち着くのが一番。

サノワでも何度も火事を経験しそのたびに消火を手伝ってきた私は、自分を奮い立たせるためにそう言い聞かせた。

それでも火の回りは早く、目の前に燃えた柱が落ちてきて、とっさに男の子を庇《かば》う。

「キャァァーッ！」

その柱は回避できたものの、別の柱が私の足に乗ってしまった。

その大きな柱は幸い燃え尽きて火はついていなかったものの、皮膚を焦がすのに十分な温度を保っている。

「あぁっ……あ、熱いっ！」

熱さに耐えかねて思わずうめき声を上げると、男の子は心配げな顔をして柱に手を伸ばそうとする。

「触っちゃダメ。もう外よ。あなたは行きなさい」

熱い。そして、気を失ってしまいそうなほど痛い……。

歯を食いしばりながら必死に男の子を促しても、戸惑いを隠せない彼は呆然と立ち尽くしている。

「行けーっ！」

最後の力を振り絞りもう一度声を張り上げると、男の子は外をめがけて走り出した。

その様子を確認したあと、必死に意識を保ちながらなんとか足を抜こうともがいたものの、柱が重すぎてなかなか抜けない。

このままでは火が回る……。

「リリアーヌ！」

「えっ？」

するとその時、私の名を呼ぶ声と「王太子さま、なりません！」という大きな声が耳に飛び込んでくる。

「王太子さま？」

来てくださったの？

そして視界を遮りだした黒い煙の中から王太子さまが現れた。

「ダメです。お逃げください」

「お前はバカか。置いて逃げられるわけがないだろう！」

彼は声を張り上げながら足の上の柱をためらうことなく素手で触れ、取り払ってくれる。

そして私を軽々肩に担ぎ、外に向かって走り始めた。

「王太子、さま……」

「しゃべるな」

「ありが……」

そこで私の意識はプッツリと途絶えた。

王太子の意外な優しさ

「ん……」

次に目覚めたのは、王宮の自分のベッドの上だった。

「リリアーヌさま！　あぁっ、よかった……」

コールが涙目でそう言うのを聞き、火事の現場で王太子さまに助けられたことを思い出した。

『男の子は？』と聞こうとして口を動かしたのに、ひどい痛みに襲われて声が出ない。

「すぐに王太子さまをお呼びします」

すると、コールは涙を拭きながらあっという間に出ていってしまった。

それからすぐにノックもなく王太子さまが飛び込んできた。

「リリアーヌ、痛むか？」

『はい、少し……』と言いたいのに声が出ず、小さくうなずく。

喉と右足がジンジンする。

「医者に診《み》せたところ、熱い空気を吸い込んだせいで喉がやられている。しばらくは話せないかもしれないがじきによくなる。足は……痕が残るかもしれない。すまない」

どうして王太子さまが謝るの？

私は首を振った。

あれは私が勝手にしたこと。それなのに、彼が直々にあの火の中を助けに来てくれるなんて思ってもいなかった。

あの時は夢中で少しも怖くはなかったけれど、一歩間違えば死んでいた。そんなことを考えると背筋が凍る。

泣くつもりなんて少しもなかったのに、目尻からポロリと涙がこぼれてしまった。

するとその涙に気づいた彼が、そっと指で拭い、私の手を握る。

「リリアーヌ、もう大丈夫だ。泣かなくてもいい」

「怖ければここにいてやる」

そんな。王太子ともあろう方に看病してもらうわけにはいかない。

私が『大丈夫です』という意味で首を振ると、「俺が心配なんだ」と予想外の言葉が返ってきた。

「男の子は助かった。リリアーヌのおかげで、少しヤケドをしただけで済んだぞ」

ベッドの端に座った彼は、私の目にかかっていた髪を優しい手つきでよける。

「火事も最小限で食い止めることができた。あのままではあの周辺一帯がすべて焼けてしまっていただろう。リリアーヌが川から水を運ぶように言ったそうだな」

うなずくと、彼はほんの少し口角を上げる。

「なかなかの機転だった。国民もお前のことを英雄扱いだ」

当たり前のことをしただけなのに……。

「だが！」

突然語気を強めるので、驚いて肩をすくめる。

「このじゃじゃ馬は、無茶ばかりする。兵の前に立って自ら剣を振ったり、火の中に突っ込んだり……」

『じゃじゃ馬』に返す言葉もない。そのとおりだ。でも、体が勝手に動いていた。

「そもそもあの馬は暴れ馬だ。俺にしか乗りこなせないのに、お前ときたら……」

そうだったの？　たしかにちょっと気性は荒そうだったけど、あの俊敏さは素晴らしかった。

「あの馬より暴れ者だ」

『あはは……』

声が出せない私は、心の中で苦笑した。

「どうやらお前は、王宮で育っていないらしいな」

続いた彼の言葉に驚き、目を瞠《みは》る。

ヤニックが言ったの？　もしかして、尋問《じんもん》された？

どうしよう……。私はあくまでサノワ国の姫として嫁いできたのだから、焦ってしまう。国王の正妃の子ではないことに、彼は怒っているに違いない。

私は嘘をついていたというしろめたさと、これでユノヘスとサノワとの国交が断たれてしまうかもしれないという落胆で視線を逸《そ》らした。

「どうりでだ。どうりでじゃじゃ馬なわけだ」

それなのに、王太子さまは盛大に笑う。

あれっ、怒ってない？

それに、彼がこんなふうに笑うなんて意外だった。

「なかなか面白い女だ。こんな女に初めて会った」

面白い？　そんなことを言われたのは初めてだった。

サノワの生活では私のような人間は決して珍しくなかった。まぁサノワでも、じゃじゃ馬ではあった気もするけれど……。

「でも、俺の心を乱すのは許さない」

心って？　私のことなんかで、乱れるの？

呆然としていると、彼はとても優しい視線を向け、私の手をもう一度握りなおす。

そして、その手を持ち上げ甲に唇を押し付けた。

な、なにしてるの？

途端に高鳴りだした鼓動は自分では制御できない。

すぐに離れたというのに、柔らかい唇の感覚がいつまで経っても手から消えない。

口づけは唇と唇を合わせるものだと聞いたけれど、こんな口づけもあるの？

ドキドキが止まらない私は、顔をまともに見られない。すると彼は、私の髪を撫でだした。

――トントン。

「入れ」

その時、ドアをノックする音がしてコールが顔を出した。

「王太子さま、国王さまがお呼びだとランシャンさまが探されていらっしゃいます」

「わかった。コール、リリアーヌを頼んだ」

「承知しました」

王太子さまは私の顔を一度覗き込んでからベッドを離れていく。

「それと、ヤニックをここに呼べ。リリアーヌもひとりでは心細いだろう。同郷の者と会わせてやれ」

ヤニック⁉

「はい。すぐに」

そして王太子さまは出ていった。

「リリアーヌさま、ヤニックさまを呼んでまいります。おひとりで大丈夫ですか？」

問いかけにうなずくと、コールはすぐに出ていった。

彼に唇を押し付けられた手がいまだに熱く、それを意識してしまうと胸が締め付けられるように疼《うず》く。初めての感覚に戸惑い呆然としていた。

「リリアーヌさま！」

それからほどなくして、血相を変えたヤニックがやってきた。

「おケガをなさったそうで。私がお守りしなくてはなりませんでしたのに」

眉根を寄せるヤニックに首を振る。一緒にいたのならともかく、彼は私が出ていったことすら知らなかったはずだ。

しかも、王太子さまの言うとおり、無茶をしたという自覚はある。

「それに……リリアーヌさまが、国王さまと正妃さまとの間に生まれた姫でないことも話してしまいました。申し訳ありません」

　彼は深く頭を下げ、続ける。

「身を挺《てい》して民を守られたリリアーヌさまをご覧になった王太子さまが、普通の姫ではこのような行動はとれないだろう。偽物ではないのか?と疑われまして……国王さまと第二夫人との間の姫で、王宮でお育ちではないことを話さざるを得なくなってしまいました」

　ヤニックの声は震えていた。

　声の出せない私は懸命に笑顔を作り、首を振る。

　バレたのは仕方がない。もしかしたら追い出されるかもしれないけれど、男の子を救えただけでも来てよかった。もうあとは精いっぱい、サノワとの友好関係についてお願いして帰ろう。ダメかもしれないけれど。

『バスチューは?』

　声が出ない代わりに、大きく口を開いて訴えた。すると「バスチューでございますか?」とヤニックが言う。

　うんうんとうなずくと、コールが口を開いた。

「バスチューは大丈夫です。しばらく高い熱にうなされておりましたが、それも下がりました。先ほど水を持っていきましたら、リリアーヌさまへの感謝の気持ちを口にしておりましたよ」

回復してよかった。

ホッとして小さく何度もうなずくと、コールはなぜか顔をしかめる。

「リリアーヌさまはご自分の心配をなさってください。バスチューよりも重症です」

侍女なのに母親のような言い方をするコールは、本気で心配してくれているのだろう。私はそれがうれしくて、もう一度うなずいた。

するとその様子を見ていたヤニックは、心配そうに私の顔を覗き込む。

「リリアーヌさま。私はいつでも控えております。なんでもお申し付けください。リリアーヌさまのためならどんなことでもいたします」

険しい表情の彼は、私の境遇を話してしまったことに罪悪感を抱いているに違いない。しかし、『偽物』と疑われては、他に取り繕う術がなかったのだろう。

再び口で『ありがとう』の形を作ると、彼は深く一礼して部屋を出ていった。

でも、よかった。監禁されているわけではなさそうだ。

本当ならすぐにヤニックをサノワに帰らせるつもりだった。だけど、正妃の娘ではないとバレてしまった私も、ケガさえよくなれば恐らくサノワに帰される。それなら一緒に帰ればいいかもしれないと、もう少しいてもらうことにした。

ヤニックとバスチューの無事を確認したからか気が抜け、自分がまったく動けないほどの重症だとやっと理解した。

喉と足の痛みはもちろん、全身が痛い。それにバスチューと同じように熱がある。

王太子さまに叱られてしまったけれど、今回はさすがに無謀なことをしてしまった。でも、あの男の子が助かったのだからこれでよかったと思い直す。私も王太子さまに助けられ、命があるのだから。

それにしても……こんなに早くバレてしまって、お父さまはお怒りになるだろうか。もしかしてお姉さまが代わりに来なくてはならなくなるかもしれない。いや、嘘をついたサノワ国を王太子さまがお許しにならないかもしれない。

そんなことを考えていると、ますます気分が悪くなってきた。

「リリアーヌさま、包帯をお取り替えいたします」

コールにそう言われたことまでは覚えている。けれど、やはり体がボロボロで限界だったのか、それからふと気を失った。

「んんーっ」

私は夢を見ていた。必死に走って逃げているのに、誰かが追いかけてくるのだ。

怖い。助けて！

『やめて。来ないで！』

そう叫んでいるのに、声が出ない。

「リリアーヌ、どうした？」

王太子さまの大きな声でやっと目覚めたものの、夢とうつつの境目がわからず、顔がゆがむ。

火事の時のダメージは、知らず知らずの間に心までに及んでいた。

いくらじゃじゃ馬と言われる私でも、命を失うかもしれない恐怖には勝てなかった。

「リリアーヌ。痛むのか？」

王太子さまに再び問われた瞬間、ポロポロと涙が流れ出し止まらなくなる。

もちろん、痛い。でもそれより、怖い。

泣きながら顔をそむけると、彼は自分もベッドに上がってきて隣に横たわる。

大きなベッドはふたりでも十分の広さだったけれど、彼はピッタリとくっつき私を強く抱きしめてくれる。

たちまち速くなる鼓動。男の人にこんなことをされたのは初めてだった。

「ここに俺がいるだろ。心配するな。なにがあっても守ってやる。もう怖い思いはさせない」

そんな優しい言葉をかけられると、いっそう我慢が利かなくなり、体を震わせて泣いてしまう。

「大丈夫だ、リリアーヌ」

彼は私の髪に手を入れ、何度も何度も撫でてくれる。それがまるで母にされているかのようで、次第に高ぶった気持ちが落ち着いてきた。

王太子さまは、そのまま私が泣き止むまで待ってくれた。

彼の胸は私の涙で濡れてしまったけれど、そんなことを気にする様子もない。ただ大きな手で私の頬に伝う涙を拭ってくれる。

「喉は渇いていないか？」

喉はカラカラだった。高熱があるから汗で水分が出ていってしまうのかもしれない。

私は彼の腕の中でうなずいた。

「水は飲むようにと医者に言われている。今、用意させる」

王太子さまがベッドから降りようとした瞬間、不安になってしまい体が震えだした。得もしれぬ恐怖のせいで自分自身をコントロールできなくなり、思わず彼の腕をギュッと掴んでしまう。

「どうした。怖いのか？」

あれほど冷酷で恐ろしいと聞かされていた王太子さまは、こんなに優しい。でも、嘘をついてここにやって来た私が、彼に甘えるなんて許されない。

ハッとして彼の腕を離したものの、彼はもう一度ベッドに入り、さっきと同じように抱きしめてくれる。

『王太子さま……ありがとうございます』

声は出せないけれど彼の許らいに感謝して、心の中でつぶやいた。

「コール」

王太子さまはそれからコールを大きな声で呼んだ。

「はい。お呼びでしょう……っと、申し訳ありません！」

コールはすぐに入って来たが、私たちが抱き合っているところを見て慌てて出ていこうとする。

「コール。リリアーヌに水を」

「はい。かしこまりました」

こんな姿を他の人に見られたなんて、恥ずかしい。

とはいえ、王太子さまを引きとめたのは私だ。それに、彼の腕の中は温かくて安心できる。

しばらくして水を持ってきたコールは、悪いと思ったのかうつむきながらベッドの横のテーブルに水を置いた。

「こちらに。それでは失礼します」

あぁ、これは絶対に誤解されている。王太子さまは怖がる私を抱きしめてくれただけなのに。

戸惑う私とは対照的に彼は意に介する様子もなく、コールが持ってきた見事な彫刻が施されているガラスのピッチャーからグラスに水を注いだ。

「起きられるか？」

王太子さまに尋ねられ体に力を入れてみたものの、鉛のように重くて起き上がることができない。

その様子を見ていた彼は、私の背に手を差し入れ起き上がらせようとしてくれたけれど、体が痛み、思わず彼の腕に爪を立ててしまった。

「まだ無理か。でも、飲まないと体が弱る」

顔をしかめた彼は、なぜかグラスの水を自分の口に含む。そして、顔を近づけてきて唇を私の唇に押し付けた。

えっ⁉　なっ、なにしてるの？

あっという間に口づけされてしまい、愕然《がくぜん》として彼を見つめる。もちろん、口はギューッと閉じたままだ。

――ゴクン。

すると、王太子さまが口に含んでいた水を飲みほした。

「リリアーヌ、口を開けろ」

そんなこと言ったって……無理。恥ずかしくてたまらない。

フルフルと首を振ってみたものの、「ダメだ」と許してくれない。

「お前を殺したくない。言うことを聞いてくれ」

彼にそう言われては、受け入れざるを得ない。

王太子さまは、自分で水を飲めない私のためにこんなことをしてくれているだけ。アリアナに聞いた、好きな者同士がする口づけとは違うんだ。

そう自分に言い聞かせ、暴走する鼓動を必死に静めようと試みたのにうまくいかない。

彼がもう一度水を口に含み近づいて来たので意を決して少しだけ唇を開くと、その隙間からチロチロと水が入ってくる。

「そうだ。うまいぞ」

少しこぼれてしまったものの、たしかに喉には冷たい水の感覚がある。

「もう少し飲むからな」

王太子さまはそれを何度か繰り返す。

「今はこのくらいにしておこう。またあとでだ」

彼は素知らぬ顔で言うけれど、私は緊張で頭が真っ白だった。

母にですらこんなことをされたことがないというのに、ユノヘスではこれが当たり前なの？

バクバク音を立て続けている自分の胸にそっと手を置き、必死に落ち着こうとする。

「喉は足ほどひどくない。痛みさえ落ち着けば話せるし食事も食べられる。でもそれまで会話もできず、なにかあっても誰も呼べない。昼間はコールが見てくれる。夜は俺が一緒にいよう」

王太子さまが⁉

手を横に振り、『そんな必要はありません』と必死に訴えたものの、彼は「遠慮はいらない」と決めてしまった。

王太子ともあろう人が私なんかの看病をするなんて。でも、彼をよく知るには絶好のチャンスだ。

ひとりを好むと聞いていた彼と一緒にいられたら、少しは心を通わせられるかもしれないと期待してしまった。

しかし、肝心の会話ができないことに気がつき唖然とする。

それに、『恋をしにまいりました』なんて偉そうなことを言ったのに、恐らくヤケドが治れば追い出される身。彼のことを深く知っても意味はないかもしれない。

「コール。ヤニックを隣の部屋に待機させろ。リリアーヌはたくさんの目がある中での生活にまだ慣れていない。他の護衛はつけなくてもいい」

コールを呼び、そう告げた王太子さまに驚いた。

彼の言うとおり、常に監視されているような生活は窮屈で、ただでさえ慣れない王宮での生活に戸惑っているのに、ちっとも気が休まらない。

「ですが王太子さまにも護衛が必要です」

「それなら、俺の部屋の前には通常どおり兵士を立たせおけ。万が一侵入者があったとしても、まずは護衛のついている部屋を探すはずだ」

なるほど。敵の目を欺《あざむ》くということか。

戦いの戦略も彼が練っていると聞いていたけれど、頭もキレるのだろう。

「護衛がたくさんつけばつくほど、ここにいると言っているようなものだ。それに、ヤニックも優れた剣士だと聞いている。心配ない」

王太子さまがきっぱり言い切ると、コールは心配げな顔をしながらもうなずいた。

「承知しました。ヤニックに伝えます」

コールが出ていくと、今度こそふたりきりになった。

もう湯を浴びている彼は、昼間とは違い柔らかくて薄い夜着を着ている。光沢のある布は恐らくシルクだろう。

でも、腰に差してある短剣に気がついた。そして、王宮の中でこうしてくつろいでいる時間でも手放せないのだと知った。

その剣をじっと見つめていると、彼は剣を腰から抜き、ベッドの頭の上に置く。

「どうやらリリアーヌは嫌いらしいが、身を守るために必要なものだ。安心しろ。この剣では誰も殺《あや》めてはいない」

王太子さまの気遣いに、いちいち心が揺れる。

やっぱり、少しも怖くなんてない。

ユノヘスに来るなり、バスチューに剣を向けた彼を見てどこかで恐れていた。

でも、大丈夫。それはランシャンに命令する時と同じように、威厳を保つためにあえてそうしているのだ。

私の隣に入ってきた王太子さまは、とても長い睫毛《まつげ》をしている。普段はこんなに優しい顔立ちをしているというのに、剣を持つとその目は途端に鋭くなり、眉は上がる。

「リリアーヌ」

彼が私の名を口にするのでふと顔を横に向けると、視線が絡まってほどけない。

「お前は俺と同じなのかもしれないな」

それはどういうこと？

そう聞きたいのに声が出ない。

「声が出るようになったら、サノワのことを教えてくれ。それに、お前のことも」

私の？　あんなに興味がなさそうだったのに？

しかも、『人質』と言い切ったのに……。

「今、お前に必要なのは休息だ。俺がここにいるから安心して眠れ」

声が出ずまともにお礼も言えない私がコクンとうなずくと、彼は私の頭の下に手を入れ腕枕をしてくれる。そして、顔を近づけてきたかと思えば、私の瞼にそっと唇を寄せた。

その思いがけない行為に驚き、息をするのも忘れてしまいそうだった。だけど、たまらなく心地いい。

「そのまま目を閉じて」

彼の柔らかい声が私の鼓膜《こまく》を揺らし、張りつめた心を緩ませてくれる。

「おやすみ、リリアーヌ」

優しい囁きに安心した私は、彼の腕をギュッと握りながら深い眠りに落ちていった。

次の朝。

「王……」

明るくなっているのに気づいて私が目を開けると、目の前に王太子さまがいて思わず声を上げてしまった。

凛々しい眉にすらっと通った鼻。そして、私の唇に触れた形のよい薄い唇。端正な顔立ちをまじまじと見つめていると、みるみるうちに頬が赤らんでいくのを感じる。

でも、あれ、声が出た？

喉の痛みは随分いい。それにガラガラではあったものの発声できたような……。

「リリアーヌ、起きたのか？」

彼は私が身じろぎしたのに気づき、目を開けた。

アリアナの言っていたように〝裸〟ではなかったが、それに一歩近づいた気がする。

「おはようござ……」

「声が出るのか？」

王太子さまは私の声が出ることに気づき、飛び起きて目を瞠る。

「はい」

別人のような声だけど、これでコミュニケーションはとれるかもしれない。

「よかった」

彼はそう言うと、不意に私の額に唇を落とす。

王太子さまはこうしてしばしば唇を押し当ててくるけれど、そのたびに思考が停止してしまい瞼をパチパチと動かすので精いっぱいだ。

「医者はあと十日はかかると言っていたのに。さすが、じゃじゃ馬だ」

呆然としている私をよそに、彼はクスリと笑みを漏らす。

それって褒めてくれているの？

「痛みは？」

「まだ、痛いです。体が動かないんです」

「それはずっと眠っていて、体を動かさなかったせいもあるな」

ずっと?

「あの……ずっと、と言いますと?」

「その声、リリアーヌとは思えないな」

王太子さまが頬を緩め、笑顔を見せてくれるのがうれしかった。コールが笑わない人だと言っていたけれど、本当はこんなに優しい笑みの持ち主なんだ。

「お前は昨日目覚めるまで、三日三晩眠り続けていた。その間ずっとうなされ苦しげだった」

だから、こうして添い寝までしてくれたの?

「私が無謀なことをしたばかりに、すみません」

「あんな行為は二度と許さない。だが、大切な民を助けてくれて、ありがとう」

彼はいまだ私の首の下に置かれていた腕をグイッと引き寄せ、私の体を抱き寄せる。

「王太子さま……」

まさか感謝の言葉をもらえるとは思ってもいなくて、胸がいっぱいになる。

それに、国民のことを大切にしていることがわかった瞬間、やっぱり彼に恋をしたいと思った。

束《つか》の間の甘いひととき

私がようやく起き上がれるようになったのは、それから三日後のことだった。

その間、昼間はコールが身の回りの世話をしてくれて、王太子さまも何度も様子を見に来てくれた。

そのおかげでなにひとつとして困ることはない。

「リリアーヌ。少し外の空気を吸うか?」

「はい」

夕暮れ時になり部屋まで来てくれた王太子さまは、ずっとベッドでの生活をしている私を気遣ってかそう言い出した。

彼はまだ機敏には動けない私を抱き上げ、心地よい風の吹くベランダに向かった。

足が痛み立っていることが難しい私を椅子に座らせるのかと思いきや、まずは彼自身が座り、膝の上に私を横向きにして乗せる。

「あっ、あの……王太子さま。重いですから、あちらの椅子に……」

私がそう提案しても彼は首を振る。

「このままでいい。お前をもっと知りたいからな」

彼は私の腰に回した手に力を込める。

私は、目の前で動く彼の艶っぽい唇に視線が釘付けになってしまった。この唇が私の唇に触れたのだと思うと、恥ずかしくてたまらない。

彼は私の長い髪が気に入ってくれたのか、何度も何度も触れてくる。

「サノワはあっちの方向だな」

「はい」

王太子さまは太陽が沈みつつある西の方を指差した。燃えるような橙《だいだい》色の空は、明日の天気のよさを示している。

サノワでも見たことがある光景を前にして、この世界が平穏でありますようにと祈らずにはいられない。

「寂しいか?」

「いえ。王太子さまにこれほどにまでよくしていただき、寂しいわけがありません」

本当は母やアリアナ、そして、面倒を見ていた子供たちのことが気になっている。

でも、恐らくもうすぐサノワに帰される。そうしたらまた会える。

「サノワはどんな国だ」

「はい。たくさんの大地の恵みのおかげでとても潤っております。そのせいで隣国に土地を狙われてしまっているのですが……」

「それは耳に届いている。お前はそのために嫁いだんだろう？」

自国だけではどうにもならなくなり、ユノヘスの力を借りるために私はここにいる。忠誠の証——人質として。

正直にコクンとうなずけば、王太子さまは少し顔をゆがめた。

「ユノヘスも自然の豊かさには自信がある。農作物はよく育ち、民の食も潤っている」

「はい。木の上から街を見下ろしましたら、一面に小麦畑が見えました」

「木の上？」

彼の眉がピクッと上がる。

「あっ……」

こんなことを言ってはいけなかったと口を押さえたが、遅かった。

「まさか、木に登ったんじゃないだろうな」

「あはは……」

曖昧に笑ってごまかそうとしたものの、彼は盛大なため息をつく。

「はぁ。本当にお前は……。もう二度とそんなことはするな」

「すみません」

「まぁ、いい。俺もよく登ったしな」

今度は一転、彼の表情が緩んだ。

王太子さまも？

彼は遠くに視線を送り、なにかを懐かしむような顔をする。

「王太子さま。あのっ、謝らなければならないことがございます。私は、サノワの国王の娘ではありますが、その……」

王宮で王族として育てられた姫ではないともう耳に入っているのだから、今さら取り繕《つくろ》っても仕方がない。素直に謝罪して許しを請おうと思ったけれど、彼はその言葉を遮《さえぎ》る。

「足の傷、見たそうだな」

「……はい」

今日、医者の診察の時にお願いして見せてもらった。ふくらはぎにくっきりとヤケドの痕が残っていて、このまま一生残るかもしれないと言われてしまった。

「俺が責任を取る」

「責任、と言いますと？」

医者に治せないものを治せるわけがないのに。

「お前の面倒は俺が一生見る」

王太子さまは実に真剣な眼差しを私に向ける。

どういう、意味？

首を傾げると、彼は再び口を開いた。

「ここにいればいい。我が妃となるかどうかは、自分で決めろ」

ここに？　それに、自分で決めるって？

「ここに……と言われましても、私は王太子さまを欺いたのです。追放されても仕方がありません」

「たしかにそうだな。だが、お前は王の血を引いているし、誰をよこせと指定はしてないぞ」

それはそうかもしれないけれど、忠誠の証ならば、少なくともサノワにとって重要な地位にいる姫が嫁ぐのが普通ではないだろうか。国王の娘とはいえ、王宮とはまったく無縁で過ごした私がその役割を背負ったのは、やはり間違っている。

「それに、お前は俺に恋をしに来たと言ったんじゃないのか？」

彼は表情を緩め、私を見つめる。

「……言い、ました」

「あれは嘘か？」

私は首を横に振った。

それは嘘ではない。来るからには王太子さまに一生ついていくと決めていた。

それに、コールたちに任せればいいはずの看病さえもしてくれた彼に、もう恋をしつつあった。

「恋というものがどういうものなのかは知らん。ただ、世継ぎを作ればいいと思っていた」

それであっさり私を受け入れたの？

たしかに世継ぎがいないが故、妃を探しているとは聞いた。でも、妃として愛するつもりは少しもないの？

一瞬落胆したものの、そもそもサノワとユノヘスの同盟、そして忠誠の証として王太子さまとの子を産むためにやって来たのだ。それとなんら変わりない。

ただ、私は彼を愛したいと思っているだけ。

「だが、お前のことをもう少し知りたくなった。こんなふうに思ったのは初めてだ」

私をまっすぐに見つめる彼の視線が熱く感じるのは、気のせいだろうか。

でも、初めて？

私は逆だ。少しでも関わった人は、その人がどんな人物なのか知りたくなる。

「俺は妃を何人でも持つことができる。だからお前を一生手元に置くつもりだ。ただ、お前はそうはいかない。だから、妃となるかは自分で決めろ」

彼は私の足の包帯に視線を落としながら口にした。

このケガの償《つぐな》いということなんだ。

『お前のことをもう少し知りたくなった』と言われ、彼も自分を愛してくれるのではないかと少し期待をした。それなのに、ユノヘス国の火事で負傷したから責任を取ると言っているだけなのだと突きつけられ、途端に胸が苦しくなる。

しかも……『妃を何人でも持つことができる』という言葉に、胸をぐさりと刺された気がした。改めて言われなくても最初からわかっていたことなのに。

しかし、彼にいまだ妃がいないことを知り、もしかして何人も妃を持つつもりはないのかもしれないなんて勝手な期待をしていたので、その落胆は大きい。

「ありがとう、ございます」

お礼を口にしたものの、声が小さくなってしまった。妃となるなら愛されたかったからだ。

「リリアーヌ、どうかしたのか？」

王太子さまは、笑顔を作れなくなった私に怪訝な視線を向ける。

「いえ、なんでもありません。もうすぐ日が沈みますね」

太陽ではなく気持ちが沈んでいるのをごまかしたくて西の空に視線を送ると「そうだな。美しい」と彼は目を細めた。


包帯が外れたのは、それからさらに十日後のこと。その間はほとんど自分の部屋で過ごした。

寝たきりだったせいで少し体を動かすだけで息が上がり、関節もスムーズに動かない。

俊敏さが武器だった私からそれが欠けてしまった今、誰かに守られてでしか生きることができない状態だった。

ベッドから起き上がって生活ができるようになると、すぐにバスチューが部屋を訪ねてきた。

「バスチュー！　心配していたのよ」

自分のケガは棚に上げ、バスチューを見るなり声を上げる。

ケガをした左手はまだ動かしづらそうだったものの顔色はよく、順調に回復していることを思わせた。

「リリアーヌさま、あの時は本当にありがとうございました」

バスチューは、私の前に跪き首を垂れる。

「お礼を言うのは私です。バスチューはケガをしてまで私のことを守ってくれた……」

兵に襲われた時、自分の命を顧《かえり》みず剣を交えてくれたバスチューたちには本当に感謝している。

王太子さまは彼を斬ろうとしたけれど、それも国を束ねる王太子としての威厳を保つためだったに違いないと今は理解している。

そもそも人質程度にしか思われていなかった自分が隣国の兵に襲われて死んだとしても、ユノヘスとしては痛くもかゆくもなかったはずだ。

「それは当然でございます。シャルヴェさまの大切な方が傷つくようなことがあってはなりません」

バスチューは『大切な方』という言い方をしたけれど、そういうわけではないことを私が一番よく理解している。王太子さまは、自分が統治するユノヘスで一生残るようなケガをしたことに責任を感じているだけだ。

「いえ。王太子さまは、私のことをそんなふうには……」

そう言うと、バスチューは首を振る。

「シャルヴェさまは私の部屋を見舞ってくださった時、よくリリアーヌさまのお話をされていましたよ。そのようなことは初めてです」

「私の？」

聞き返すと、彼は大きくうなずく。

「私がベッドで唸《うな》っておりました間、エドガーがシャルヴェさまの近くで働いておりましたが……リリアーヌさまになにか変化があるとすぐにこちらに駆けつけられたと聞きました。今までなににも動じるようなお方ではございませんでしたので、エドガーが驚いておりました」

そうだったの。

三日三晩意識が戻らなかったと聞いた。その間、王太子さまは何度も来てくれたのだろうか。

まったく覚えていないことを少し残念に思いながらも、王太子さまの優しい行動に胸が温まる思いだった。

「シャルヴェさまは、リリアーヌさまのことが大変お気に召しているように思いますが」

　そんなはずはない。

『妃となるかは自分で決めろ』と突き放されてしまった私には、彼の言葉がにわかには信じられない。

「それは、王太子さまがお優しいからであって、気に入っていただけたのとは違いますよ」

　そもそもじゃじゃ馬なのがバレてしまっているし……。

「リリアーヌさまがおっしゃるとおり、シャルヴェさまは実は大変お優しい方です。私にあの時剣を向けられたのは……」

「一国の王太子として務めだからですよね」

　私の言葉に、バスチューは驚いたような顔を見せる。

　王太子さまには国を背負うという強い覚悟があるのだ。だから、したくないことまでしなければならない。あの時、バスチューを斬りたかったわけでは決してないはずだ。

「そうでございます。そこまでおわかりでしたら、是非シャルヴェさまのおそばでお支えください」

自分に剣を向けた王太子さまのことで頭を下げる彼に驚きながら、本当はふたりの間にはたしかな絆があることを感じた。

「バスチュー、頭を上げて？　私は生涯ユノヘスで生きていこうとここに来ました。でも、王太子さまの負担にはなりたくありません」

足のケガの責任をとるためにここに置いてくれようとしている王太子さまの心遣いに感謝しながらも、そんなことで彼に迷惑をかけたくない。

「シャルヴェさまが負担になど感じておられるわけがない。リリアーヌさま。どうかもっとシャルヴェさまのことをお知りになってください。お願いします」

バスチューは何度も何度も私に頭を下げる。

「あっ、もうよして」

こういうことには慣れていない。

「リリアーヌさま。私はリリアーヌさまに命を助けられました。リリアーヌさまのためならばなんでもいたします。どうかなんなりとお申し付けください」

そんなことは必要ない。だって、身の回りのことはヤケドさえよくなれば自分でできるもの。

でも、ひとつだけある――。

「わかりました。それではひとつお願いです」

「はい、なんなりと」

「バスチューは決して命を粗末にしてはいけません。私のため、そして王太子さまのために生きてください」

常に命がけであるように感じるバスチューのことが心配なのだ。

私が言うと、彼は目を丸くして再び深く頭を下げる。

「ありがとうございます。肝に銘じて」

顔を上げたバスチューの瞳の奥が揺らいでいるように見える。

彼は何度も小さくうなずき唇を噛みしめたあと、再び口を開いた。

「リリアーヌさまは、本当に心根のお優しい方だ。そのお言葉、一生忘れません」

そんなことを言われると照れてしまう。でも、彼に私の気持ちが届いたことを知り、うれしくなる。

「それでは、失礼いたします」

笑みを浮かべた彼は、部屋を出ていった。

「『もっとシャルヴェさまのことをお知りになって』か……」

私も知りたい。でも、王太子さまのほうがそう思っていなければ迷惑なだけだ。

そう考えると胸がチクンと痛んだ。

そんな私の心配をよそに、王太子さまは毎日夕方になると部屋を訪ねてくるようになった。

動けるようになってから夜の添い寝はなくなったものの、彼はひとりを好むと聞いていたので、奇跡のように感じている。

それに、彼との会話は退屈な王宮生活の中では貴重な楽しみでもあった。

「リリアーヌ、サノワではどんな生活をしていたんだ?」

「そうですね……。なにかを作ることが好きで、いろいろな物を作りました。友達とパンはよく作りましたし、小麦も育てておりましたわ」

「小麦からとは……」

彼は『さすがじゃじゃ馬』とでも言いたげに含み笑いをする。

「リリアーヌは本当に面白い姫だ。作ったことがないものなんてなさそうだな」

「作ったことがないものなんて山ほどございます。そういえば食卓の古くなった家具を新調しようと思いまして、椅子は作ったのですが、テーブルを作る前にユノヘスに来てしまいました」

それが心残りかも。

そう言うと、彼はポカンと私を見つめる。

またおかしなことを言ったかしら？

「椅子、をリリアーヌが作ったのか？」

「はい。なかなか頑丈にできましたので、友達からも『家の椅子も作ってほしい』と言われたくらいです」

あれ、やっぱり変？

王太子さまが目を丸くしたまま私をじっと見つめているので、焦ってしまう。

「そういったものは職人が作るものだ」

この部屋にある調度品はどれも立派で、テーブルにも椅子にも細かい彫刻が施されている。とても素人には作れないような代物ばかりだ。

でも、王族だからこんな贅沢ができるのだ。

「そうですね。こんなに美しい細工は無理です。でも庶民は自分でも作りますわ。普段は節約して、たまにどうしても欲しいものにお金を使うのは、この上なくワクワクするんですよ」

恐らく彼にはそんな経験がないだろう。

しかし彼は「それも面白そうだ」と、無邪気な笑顔を向けてくれる。

まるで少年のようなその笑顔は、ここに来たばかりの時に見せた眉をつり上げた険しい表情とはまるで違い、とても柔らかいものだった。

「リリアーヌの話は飽きない」

「そうですか？　サノワでは普通のことです」

いや、庶民では、かもしれない。

「リリアーヌの母君はお強い方だったんだな。王宮から離れ、お前をここまで育てたのだから」

王宮から離れて暮らしていた経緯をひととおり説明してあったからか、彼はそう口にした。

「それはもう。小さいころはとても厳しく、少しでもいけないことをすると、よくお尻を叩かれました」

「それは俺と同じだ」

王太子なのに、お尻を叩かれたの？

「王妃さまにですか？」

そういえば、ここに来てから国王さまにも王妃さまにも会っていない。

来て早々、ヤケドをして臥《ふ》せっていたからなのかもしれないと思ったけれど……。

「母は随分昔に天に召された。国王はそれ以来、意気消沈《いきしょうちん》してしまい、あまり人前には出たがらない。それ故、俺も国王と共にした時間は少ない」

彼の口から飛び出した思わぬ事実に、胸が締め付けられる。

「そう、だったのですね。お寂しかったのでは？」

「いや、無我夢中でここまで来たからな。寂しいなんて感じている暇はなかった」

彼はそう言うけれど、寂しかったはずだ。

私も父の存在が近くにはなかったが、サノワでは母がいつも寄り添ってくれたし、アリアナのような友達もたくさんいた。

でも将来国を背負う王太子ともなれば、安全上誰とでも好きなように交流できるわけではなさそうだ。それに、王宮にできるだけ人を入れないようにしているのだから、私のようにたくさんの友達と一緒に遊ぶという経験もないかもしれない。

「リリアーヌの話は新鮮だ。もっと聞かせてくれ」

「はい。ですが、驚かないでくださいね」

話はいくらでもある。

小さなころ、体が俊敏だったため男の子とも間違えられたこともあったし、木登り競争では不動の一位だった。

時には馬から落ちてひどい擦り傷を負ったこともあったけれど、次の日にはケロッとした顔で馬を乗り回していたので、アリアナが驚いていた。

そんなことを思い出すと、彼が私のことを『じゃじゃ馬』と言うのも仕方がないと納得してしまう。

「王太子さま、すももをお食べになります？」

あまり一度に武勇伝を話してしまうと、彼に呆れられるような気がして、話を変えた。そして、さっきコールが持ってきてくれたすももの皮を剥き始めた。

「あぁ。リリアーヌはもう食べたか？　ユノヘスはすももがよく採れる」

彼の表情が柔らかくて、私の顔も自然とほころぶ。

「はい、いただきました。サノワも採れるんですよ。ユノヘスのすももより甘い気がします」

「甘い？　これでも十分甘いぞ」

王太子さまは皮の剥けたすももに視線を送り、驚いた様子だ。

「はい。皮を剥くと甘いですね。どうぞ」

すももの乗った皿を差し出すと、「食わせてはくれないのか？」と彼が言うので、

「えっ！」と声が出てしまった。

食べさせるのが普通なのかしら。王太子ともなれば、食事ですら誰かに食べさせてもらうの？

そう思ったものの、そんなわけがないと思い直す。彼はひとりで自室で食事をすると聞いていたからだ。

「なにをためらっている。ほら」

彼は私の手をすももに誘導して持たせ、自分の口に運ばせる。

王太子さまがかじった瞬間、指が彼の唇に触れてしまいハッとする。しかもそれだけでなく彼が私の指をペロリと舐めるので、すももを落としそうになった。

「どうした、リリアーヌ？」

「い、いえっ！」

彼は私が動揺しているのに気づきながら、それを楽しんでいるかのように見える。

ニヤリと笑いもうひと口すももをかじったあと、また舌を私の指に絡ませた。

「なかなか甘いじゃないか。リリアーヌも食べなさい」

彼は平然とした顔で言うけれど、私は彼が口移しで水を飲ませてくれたことまで思い出してしまい、ドギマギしてそれどころではない。

「どうした。嫌いなのか?」

返事をできないでいると、彼は私の顔を覗き込みクスリと笑う。

「い、いいえ。いただきます……」

バクバクと大きな音を立てる心臓に気づきながら、王太子さまが食べかけたすももを皿に戻し、もうひとつ剥こうと手を伸ばす。

「それなら食べさせてやるぞ?」

彼は自分のかじったすももを手に持ち、かじったほうとは反対側を私の口の前に差し出した。

「えっ、あっ、あの……」

これを食べろと?

アリアナと食べ物を分け合ったことはあるけれど、男の人とはしたことがない。

「新しいものでないといやか?」

「いえ、とんでもありません」

私はアタフタしながら小さめの口ですももをかじる。

「じゃじゃ馬のくせして随分謙虚なんだな。大きな口でパクリといくかと思ったぞ」

いつもはそうだけど……。

初めての行為に動揺していると、残ったすももを彼が食べてしまうので、さらに驚いてしまった。

「サノワの甘いすももも食べてみたいな」

「はい。いつかお越しくださいませ」

こんなにドキドキしているのは、私だけ？

王太子さまがなんでもない顔をして会話を続けるので、私は必死に平静を装った。

そもそも男の人と手をつないだことすらないのだから、こうなるのも許してほしい。

あの口移しは、他に手段がなく水を飲まねば命を落としかねない状態だったから。

それに、私の手や瞼に唇を押し付けてきたのだって、優しい彼が私を心配するあまりに思わずしてしまったことだと自分を納得させていたけれど、今日は違う。

私は彼の甘すぎるスキンシップにオロオロした。


そんな毎日を過ごしていたものの、サノワでの自由な生活とは違いずっと王宮に閉じ込められている私は、次第に飽きてきた。

「ヤニック。私、馬に乗りたい」

面会できるようになったヤニックに漏らすと、目を丸くしている。

「それはまだ無理でございます。それに、もう馬には……」

彼は言葉を濁《にご》す。

その様子を見て、やはり今までのように自由奔放な生活はできないんだと落胆した。

「そう……。でも体を動かしたいの。このまま部屋の中だけで生きていくなんていや」

世の姫というものは、皆こうして年中室内で過ごすのだろうか。

「それなら、一緒に出かけるか?」

突然部屋に王太子さまが入ってきた。

「あ……」

「外まで丸聞こえだぞ、リリアーヌ」

「申し訳ありません」

やっぱりおしとやかにするというのは、性に合わない。

「いや、元気になった証拠だ。それより、どうするんだ?」

「まいります!」

もちろん、即答だ。

どこに出かけるのかわからないけれど、王宮の中だけで過ごすよりずっといい。

「リリアーヌ、サノワから持ってきた服はまだあるか?」

「はい、ございますが……」

一着はあの火事でダメにしてしまったが、もう一着ある。

「では、それに着替えろ。ヤニック、エドガーに街に行くと伝えろ」

「かしこまりました」

街に行くの！

火事の時に行ったけれど、じっくり見る暇はもちろんなかった。ユノヘスの人々の生活に興味津々だ。

いつも馬に乗っていた時のズボンに着替えると、コールが目を丸くしている。

「リリアーヌさま、こんなお姿でどちらに？」

「王太子さまが誘ってくださったの。街に連れていってくださるんですって！」

ちょっと興奮しすぎて大きな声が出てしまった。

「街に……。大丈夫ですか？」

「大丈夫よ。だって王太子さまが一緒なんですもの」

エドガーも一緒に行くのだろう。

準備がすっかり整ったころ、エドガーが呼びに来てくれた。

「リリアーヌさま、まいりましょう」

エドガーはそう言いながらも、コールと同じように私の姿を見て驚いている。

「はい!」

しかし、そんなことはどうでもいい。街に行けるという喜びで頭の中がいっぱいだ。

エドガーに連れられ中庭に行くと、二頭の馬が用意されていた。そのうちの一頭は火事の時に活躍してくれたあの暴れ馬だ。

「リリアーヌは、俺と一緒だぞ」

「そう、なんですか……」

王太子さまにそう言われ少し残念だ。自分で乗りたかったのに。

でも、連れていってもらえるだけありがたい。

私にこんな恰好をするように告げた王太子さまも、いつもの立派な軍服は着ておらず、サノワでごく一般的な庶民が着ていたような質素な服装をしている。

エドガーもだ。

手伝いもなく馬にヒョイッと飛び乗ってみせると、王太子さまは苦笑する。

「お前は本当に……。まぁ、いい。行くぞ」

「はい」

そのまま門へと向かうと思ったのに、王宮の裏の方へと進む。

「どちらに？」

「裏門から出る。今日は王太子としてではなく、ごく普通の庶民として街に行く。あまり目立ちたくはない」

だから、エドガーしか連れていかないんだ。

護衛がひとりで大丈夫なんだろうかと不安にもなったけれど、この服にひとりだけの従者であれば、彼を王太子だと思う人はいないかもしれない。

でも、庶民としてなんてますますワクワクする。

「だから門を出たら『王太子さま』とは口にするな」

「それなら、どうお呼びしたら？」

「俺の名はシャルヴェだ」

そんな急に、名前で呼べと言われても。

「ですが……」

いきなりハードルの高いことを言われても困ってしまう。

「できないなら、置いていく」

「できます！」

置いていかれるのだけはいやだ。慌ててそう返事をすると、彼はクスッと笑った。

王太子さまは王宮の裏から出て、ゆっくりと馬を走らせる。私に街を見せてくれているかのようだった。

「うわぁ！　あの実はなにかしら？」

木に小さな赤い実がびっしりとなっている。

「桜桃だ。リリアーヌはまだ食べていないのか？」

「はい、ユノへスに来てからは」

「それなら帰りに摘んでいこう」

そんなこともしてくれるの？

私が落ちないようにと支えてくれる王太子さまの体が密着して、さっきからドキドキしている。

少しうしろからエドガーがついてきているものの、まるでふたりきりで散策しているかのようだ。

「小麦畑も見事です」

「あぁ、小麦は民の重要な食糧だ。それと、遠くに見えるあの山々からたくさんの鉄や金、銀が採れるぞ」

彼は指を差して教えてくれる。

ユノヘスはあの鉱山のおかげで、昔から栄えていると聞いている。

「ユノヘスは、素敵なところですね」

「そうだな。俺はこの国を守っていきたい」

「はい」

ユノヘスの兵は強く負け知らずだと聞くけれど、自分たちから仕掛けることはまずないとも前にコールが話していた。

冷酷非道と言われる彼は、この広大な大地を守りたいだけなのかもしれない。

街の入り口まで行くと、王太子さまは私を馬から下ろし自分も下りた。そして、エドガーの馬と一緒に大きな木に二頭を括りつけ、私の手を握り歩き出す。

「ここからは歩いていく。リリアーヌは辛くなったらすぐに言え」

「はい」

まだ少し足を引きずらなければ歩けない。でも、彼はそれもわかっていて、ゆっくりゆっくり歩いてくれる。

しかも、自分の腕に私を寄りかからせ、誘導してくれた。

細い道をしばらく歩くとぽつぽつと家が増え始め、さらに進んだところに広場があった。

「あっ、シャルヴェさんだー」

その広場で遊んでいた子供たちが王太子さまを見つけて駆け寄って来るので、驚いてしまう。

しかも、『シャルヴェさん』って、彼が王太子であることを知らないのだろうか。

「久しぶりだな。元気にしていたか？」

「うん！」

あっという間に子供たちに囲まれた王太子さまは、王宮ではなかなか見せない笑顔を振りまいている。私もサノワで子供たちの面倒を見ていたので、なんだか懐かしい光景だった。

「この人誰？」

そのうち、ひとりの子が私を指差して尋ねてきた。

「リリアーヌだ。俺の妻だよ」

『俺の妻』とためらいなく紹介され、恥ずかしさのあまり目が泳いでしまう。

わかりやすいように、そう言っただけだろうに。

「一緒に遊ぼうよ！」

どうやらこの子たちは彼が王太子だとは本当に知らないようだ。とても人懐っこく話しかけ、抱っこをせがむ子までいる。

そして私も腕を引っ張られてしまった。

「リリアーヌはケガをしている。乱暴に引っ張ってはダメだ」

「そうなんだ。ごめんなさい」

シャルヴェに注意され、男の子がしょげてしまった。

「知らなかったんだから、いいのよ」

私が笑顔で声をかけると、王太子さまも男の子の頭を撫でている。決して叱ったわけではないのだ。

「ねぇ、今日のお菓子はなに？」

今度はひとりの女の子が王太子さまの上着を掴み尋ねている。

「今日は杏子《あんず》の砂糖漬けだ。きちんと並べたら、順にあげよう」

お菓子を用意しているの？

そんなことを聞かされていなかったので意外に思ったけれど、王太子さまの優しさに心が和んだ。

最初からこの子たちに会いに来たのかもしれない。

エドガーが肩からかけていた大きな袋から杏子の砂糖漬けを出し王太子さまに渡し

ている間に、子供たちはきちんと一列に並び始めた。どの子も目が輝いていて、いい笑顔をしている。

だけど、小さな女の子だけが私の足にまとわりつき、並ぼうとはしない。

「どうしたの？　杏子は嫌いなの？」

「ううん……」

顔を伏せて泣きだしそうな顔をする女の子をどうしたらいいのかと考えあぐね、王太子さまに声をかけようとした。

「王……」

いけない。王太子さまと呼んではいけなかった。

「シ、シャルヴェさま」

こんな呼び方をしたのは初めてで、恥ずかしさのあまり声が小さくなる。

しかし、彼は私に気づき女の子に視線を送る。

「その子は俺が怖いんだよ。リリアーヌから渡してやってくれ」

そうだったのか。

たしかに見上げるほどの大きな男の人では、怖いと思う子もいるかもしれない。私は彼からひとつ分けてもらい、女の子に手渡した。

「ありがとう」

きちんとお礼を言う女の子は、さっきまでとは打って変わって笑顔を弾けさせる。

「シャルヴェさまはとってもいい人よ。怖がらなくて大丈夫」

王太子としての責任を背負っている時の彼は、眼光鋭く恐ろしいオーラを纏っている。でも本当は優しい人だ。

「……うん」

女の子は小さくうなずいてくれた。

「ケンカをしてはダメだ。仲良くな」

「はーい」

王太子さまにお菓子をもらった子供たちは、皆顔をほころばせ夢中になって食べている。

その様子を見ていると、隣に王太子さまがやって来た。

「王太子さまは、いつもこのようなことをされているのですか？」

「さっきの約束はどこにいった？」

あっ……シャルヴェさまと呼ばなくてはいけなかった。でも誰も聞いていないからいいと思ったのに。

「あっ、そう、ですね」

「さっきは呼んでくれただろう？　もう一度呼んでみろ」

彼は私をじっと見つめながら言うけれど、やっぱり恥ずかしい。

「えっと、その……」

「いつまで待たせるんだ。早くしろ」

言い方はきついのに、彼は笑みを浮かべている。

「シャルヴェさま……」

「なんだ、リリアーヌ」

こうしていると、本当に彼の妃として同行したような気分になってしまう。

「シ、シャルヴェさまはお優しいんですね」

「子供たちはユノヘスの宝だ。この国がこれから発展していけるかどうかはこの子たちにかかっている。砂糖菓子くらい安いものだ」

私はお菓子を配ることよりも、こうして子供たちと気取ることなく交流している姿に胸を打たれた。

王太子という立場なら、自ら赴かなくても、エドガーたちに任せておいてもいいのに。

「皆、シャルヴェさまの正体に気づいていないのですね」

「気づいたら寄ってこないだろう？」

それもそうだ。恐れ多くて近づけない。

「シャルヴェさん、遊ぼうよー」

杏子のお菓子を食べてしまった子供たちは、シャルヴェさまを呼びに来て引っ張る。

この人が王太子と知ったら……この子たちはどんな顔をするんだろうなんて考えて、吹き出しそうになった。

「リリアーヌさんもだよー」

今度はさっきとは別の男の子に手を引かれてしまった。しかし、走り回るのはさすがにまだ辛い。

「リリアーヌはケガをしていると言っただろう？　治るまではダメだ。ほら、その代わりたっぷり遊んでやるぞ。エドガー、リリアーヌから離れるな」

シャルヴェさまは私を気遣う言葉を残して、子供たちの輪に入っていく。

彼はすぐに子供たちと石けりを始めた。

王太子という立場の彼が、時には子供たちとのゲームにわざと負けて悔しそうにしてみたり、時には本気で勝負に挑んだりと、無邪気な姿を見せてくれる。

子供たちを見つめる彼の目は終始優しく、彼らを本当に大切に思っているのだとわかる。

王宮で従者たちに指示を出す凛々しい姿も素敵だけれど、こんなふうに温かな笑顔をはじけさせている姿も、また魅力的だ。

「王太子さまが、まさかこんなことをされているなんて……」

彼らから少し離れた木の下に座りその様子を見ていた私は、エドガーに思わず漏らした。

「ここの子供たちは、皆親がいないのです」

「そうだったの？」

私もそうした子供たちの面倒を見てきたけれど、まさか王太子ともあろう人が同じことをしているとは。

「はい。数年前、孤児たちが街中で盗みなどの犯罪に手を染めていることを耳にされ、こうして集め、王宮から物資を配給して育てているのです」

サノワで私がしたかったことだ。でも、シャルヴェさまのように力がなくて、ここまでできなかった。

「子供たちの生活は、誰が面倒を見ているの？」

「それは、夫を戦で亡くした女たちです。そうやって仕事を与えることで、彼女たちの生活も面倒を見ているのです」

シャルヴェさまの深い思慮には驚かされる。バスチューから頭脳明晰だと聞いているけれど、それを生かしているのは戦略を練る時だけではないのだと知った。

「王太子さまは、素晴らしいお方ね」

民のことをよく知り、助けるための実行力もある。それに自らこうして気にかけて様子を見に来ているなんて、なかなかできることではない。

「はい。私たちにとっては誇りでございます。まだまだ孤児はたくさんいて、片親の子も含めると、生活の苦しい者もいます。王太子さまはそれを気にされています」

冷酷非道という噂が先だっているものの、この優しい姿が本物なんだろう。

「そう。私もなにか手伝えるといいのだけれど……」

「それならば、どうかこれからもずっと王太子さまのそばにいらっしゃってください」

エドガーはなぜだかうれしそうに微笑む。

「でも……」

ユノヘスに残るかどうかは自分で決めてもいいと言われたものの、本当にいてもいいのかと戸惑ってしまう。

「このようなことを私が申し上げては失礼ですが……王太子さまは、リリアーヌさまがいらっしゃってからは、難しい顔をされている時間が減ったように思います」

「本当に？」

「はい。特に、リリアーヌさまのお部屋に行かれたあとは、私やバスチューにリリアーヌさまのことを楽しげにお話ししてくださいます。王太子さまもリリアーヌさまと一緒にいたいと思っていらっしゃるのではないかと」

そういえばバスチューもそんなことを言っていたけれど。

「王太子さまが必要としてくださるのなら……」

「是非、お願いします」

彼は自分のことのように頭を下げる。

エドガーにそんなことを言われて悪い気はしない。しかし、肝心のシャルヴェさまの気持ちはよくわからない。

それからしばらく子供たちと笑い声を上げていたシャルヴェさまが、私たちのところに戻ってきた。

「そろそろ帰るぞ。リリアーヌ、疲れてないか？」

子供たちと遊んでいる時そのままの柔らかい表情の彼は、私の顔を覗き込む。

「はい。大丈夫です」

久しぶりの外出だし、完全に体が回復しているわけでもないので、まったく疲れていないと言ったら嘘になる。それでも、シャルヴェさまの知らなかった一面を知ることができたし、来てよかった。

「今日は桜桃を摘んで帰ろう。コールにジャムにしてもらうのもいい」

「私もジャム作りを手伝います！」

なんだかワクワクしてきた。

「お前は本当に面白い。調理場にまで入るのか？」

「もちろんですとも」

毎日母の手伝いをして食事を作っていたし、パンを作るのは大好きだ。ジャムだって何度も作った。

そう返事をすると、シャルヴェさまはおかしそうに笑い、突然私を抱き上げる。

「シャルヴェさま？　歩けますわ」

「いいから黙ってろ」

「シャルヴェさん、また来てね」

私を抱き上げたシャルヴェさまに子供たちが手を振っている。

「仲良しのリリアーヌさんもね！」

どこからかそんな声まで聞こえて、顔が真っ赤に染まる。

子供たちは私を彼の妻だと思っているのだから、変な意味はないのだろうけど……。

「またな。それまでケンカをするな」

「はい！」

シャルヴェさまはそう言いながら子供たちと別れた。

「疲れただろう？　少し長くなりすぎた」

彼は私を抱いたまま馬まで行き、乗せてくれる。それも、私の体力が回復していないことがわかっているからに違いない。

「平気です。王太子さまと遊べて子供たちも楽し……」

「門を出たらその呼び方はダメだと言ったはずだ」

シャルヴェさまは私の口に指をあて、制してくる。彼に触れられると途端にドキドキしてしまい、視線を合わせられなくなる。

周りにはエドガーしかいないのに、『シャルヴェさま』と呼ばなくちゃいけないの？

「ですが、誰も聞いてませんよ？」

「約束を破るのなら、もう連れて来ないぞ」

不機嫌な声の彼は、自分も馬にまたがった。

「えっ、それは……」

こんなに楽しかったのに。彼が許してくれるなら、また来たかったのに。

「なんと呼ぶんだ？」

手綱を握り、私の背中に密着するシャルヴェさまは、耳元で囁く。

「シ、シャルヴェさま……」

「そうだ。王宮に帰ってからもそう呼べ」

「そんな、無理です！」

こんなに恥ずかしいのに、いつもだなんて。

「それならもう連れて来るのはやめよう」

そんな……。

私が肩を落とすと、シャルヴェさまはクククと笑っている。

「俺もリリアーヌと一緒に来たいんだぞ？」

彼は私の肩に手をかけ少し振り向かせ、優しく微笑む。

「本当ですか？」

「嘘をつく必要はないだろう？」

どうやら、からかっているわけでもなさそうだ。

王宮を出てから、彼はとてもリラックスした表情を見せてくれる。あんなに無邪気に子供たちと混ざって遊ぶなんて意外だったし、笑顔も多い。

「それなら、努力いたします」

「努力か……」

シャルヴェさまは私の返事に「あはは」と声を上げて笑った。

行きに見つけた桜桃の木の下で馬を下りたシャルヴェさまは、うしろからついてきたエドガーに視線を送る。

「エドガー、少し離れていろ」

「ですが……」

「ここは高台だ。誰かが近づいて来ればすぐにわかるだろう。少しリリアーヌとふたりにしてくれ」

シャルヴェさまが思わぬことを言いだすので、ドクドクと鼓動が速まってしまう。

「かしこまりました。なにかあればお呼びください」

エドガーは私たちに頭を下げて、離れていった。

「リリアーヌ、ほら」

シャルヴェさまは赤く熟れた桜桃を取り、私の口の前に差し出す。

「ありがとうございます」

それに手を伸ばすと、「食べさせてやると言っているんだ」と言われ、目を丸くする。

すももの時もそうだったけど、やっぱりこれがユノヘスの習慣なの？

そう思った私は、素直に口を開き桜桃を入れてもらった。

「甘い」

「なかなかいい熟し加減だ。次はリリアーヌの番だぞ？」

「……はい」

桜桃の木はさほど高くはなく、彼は余裕で実に手が届いた。私もと手を伸ばしてみたけれど、背伸びをしてやっと触れるくらいだ。

もうひと伸びしたいところだけど、足が痛んでできない。

「キャッ！」

そうしているうちに彼が突然私を抱き上げるので、大きな声が出てしまった。

「ほら、これで届く」

「……はい」

こんなことをしなくても自分で取ったほうが早いのに。

彼に触れられるたび心臓が暴走してしまって、全身が真っ赤に染まる。

「食わせてくれ」

下ろされた途端そう要求されて、ドギマギしながら彼の口に桜桃を入れた。

「うん、これならジャムになりそうだ」

シャルヴェさまはそう言うと、いくつか実をもぎ私の手に乗せる。

「あとでエドガーに運ばせよう」

「はい」

「少し休むか」

すぐに帰ると思ったのに、彼は私を誘って木の下に座る。

そして、隣に座った私の腰をごく自然に抱くので、緊張しすぎて顔がこわばる。

「どうした、怖い顔して」

「そ、そんなことありませんよ？　シャルヴェさまはこうして王宮の外にいる時のほうが優しい顔をしていらっしゃいますね」

そう言ってから、もしかして失礼だったかもしれないと慌てて口を押さえると、彼は「ははは」と笑い声を上げる。

「王宮はつまらないからな。だが、リリアーヌが来てからは面白い話を聞けて満足だ」

彼は私の話が面白いから、そばに置いてくれているんだ。

でもそれは愛や恋などという感情とは、違う。

「面白くなんて……。私はごく普通の話をしているだけです」

「それが面白いんだ」

シャルヴェさまは不意にゴロンと寝そべった。

「リリアーヌもどうだ？　空がキレイだぞ」

そう言われ、私も隣に寝そべる。すると彼が、ヤケドをして臥せっていた時にしてくれたように、私の頭の下に手を入れ腕枕をするので、再び心臓が暴れだした。

「こんなに穏やかな気持ちになるのは久しぶりだ」

「そうなんですか？」

「あぁ、毎日ユノヘスをどうしたら守れるのか、どうしたら発展させられるのかばかり考えていた。こうして食べ物を口にしてもろくに味わうこともなく、晴れ渡った空を見てもなにも思わなかった。でも、リリアーヌが来てからは、空を見上げることが増えた」

どうしてだろう。

「私、なにかしましたか？」

不思議に思いシャルヴェさまの目を見つめると、彼は口元を緩める。

「したのかもしれないな」

「えええっ、なにを……」

なにをしてしまったのだろう。まったく心当たりがなくて焦ると、彼はフッと吹き出した。

「そういうところが……。なにも悪いことをしたとは言ってないだろう？」

シャルヴェさまはこらえきれないといった様子で、クスクスと笑い続ける。

それもそうだけど。

「あの、どういうことかよくわからないのですが、私は王太子さまが笑っていらっしゃるのが好きです」

今日みたいに柔らかい笑顔をしている彼が好き。

「そうか。王宮に戻るとなかなかな」

王太子という立場になると、ニコニコ笑ってばかりもいられないのはわかる。でも、こういう穏やかな時間がもっとあればいいのにと祈らずにはいられない。

「だが！」

突然声を大きくした彼は、私の頭の下の腕をグイッと持ち上げ、自分のほうに引き寄せる。

「な、なんでしょう」

目の前にシャルヴェさまの顔が迫り、頭が真っ白になってしまった。

「なんと呼べと言った？」

「あ……すみません」

「今度間違えたら、お仕置きだ」

彼はそう言いながら、私の唇に指を這わせる。

「お仕置き！」

お仕置きって、なにするの？

唖然として彼を見つめると、彼はニヤリと笑みを漏らしたあと起き上がり、私の顔を挟むように両手をついた。

「いろいろと教え甲斐がありそうだ」

彼の艶っぽい双眸《そうぼう》に縛られて、視線を逸らせなくなる。

琥珀色の瞳に、私が映っている――。

それを自覚した途端、胸が疼きだすのを感じていた。

「顔が赤いぞ？」

「そ、そんな……」

シャルヴェさまに指摘され、恥ずかしさのあまり顔を横にそむけると、彼はそれを許さんとばかりに私の頬に手を伸ばしてきて、再び向き合わされる。

絡まりあう視線がほどけなくなり彼をまっすぐに見つめていると、彼は「フッ」と優しい笑みを漏らし口を開く。

「お前の唇が俺を誘ってる」

「さ、誘って⁉」

そ、それは口づけのこと？　お仕置きって、まさか口づけ？

それに気づいた私が目をパチクリさせていると、彼は笑いを噛み殺している。

まさか、からかわれたの？

「まぁ、いい。ゆっくりな」

ゆっくりって？

彼はわけのわからないことをつぶやき、再び隣に寝そべった。

「お前と平和な世界が見たいな。いつでもこうして青空を見上げていられる世界を」

一転、真剣な顔をしたシャルヴェさまは、ふと口にする。

兵を出せば敵をバサバサと斬り捨てるという彼も、本当は戦いなどしたくないのかもしれない。

「シャルヴェさまなら、そういう世界を作れますわ」

私がそう言うと、彼は視線をよこして目を見開いた。

「そうだろうか」

「はい」

こんなに優しい人なら、必ず平和な世界を作ってくれる。

彼は不意に私の手を握り、少し照れくさそうに微笑んだ。


王宮にたくさんの桜桃を持って帰ると、コールが驚いている。

「まぁ、こんなに熟れた桜桃、どちらで？」

「街に行く途中の小高い丘の上よ。シャルヴェさまが取ってくださったの」

説明をすると、コールが黙ってしまった。

あれ、私……また失敗した？

「コール？」

「王太子さまと打ち解けられたんですね。よかったですわ」

彼女にそう言われて気がついた。『シャルヴェさま』と言ってしまったんだ。

「あわわ、これはその、なんというか……」

「どうして慌てていらっしゃるんです？　私はうれしいんですよ」

それは嘘ではないらしい。彼女は満面の笑みを浮かべている。

シャルヴェさまと私の距離が近づくと、コールもうれしいの？

バスチューもエドガーもそう言ってくれたけれど、皆、私がここにいてもいいと思ってくれているのかしら。

「リリアーヌ。お前は少し休憩だ」

王宮の玄関口でコールと話していると、シャルヴェさままでやってきて、私の腰を抱く。

「はい」

はしゃぎすぎて少し疲れたかも。でも今日は本当に楽しかった。

「コール。リリアーヌの部屋に医者をよこせ」

「かしこまりました」

医者を呼ぶほどは疲れていないのに。

「大丈夫ですよ」

「傷の具合も確認してもらったほうがいい」

彼はちょっと過保護だ。サノワにいたころはクタクタに疲れるなんて当たり前だったし、傷の手当ても自分でしていた。

今回のヤケドはひどかったとはいえ、毎日診察してもらわなくても大丈夫なのに。

私の腰を抱いたままゆっくり歩いてくれる彼と共に部屋に戻り、ベッドに横たわると、すぐに医者がやって来た。

シャルヴェさまは出ていくのかと思いきや、治療に立ち会うという。

「リリアーヌさま、痛みはいかがです？」

歳のころ、ランシャンと同じくらいで恰幅のいい男性医師は、ヤケドをしたあの日からずっと私の傷を診てくれている。

「はい。随分よくなりましたが、歩くと少し痛みます」

「そうですか……」

傷が露《あら》わになると、シャルヴェさまはじっと見つめていた。

痛みは引いてきたが、その傷はまだ赤く腫れ上がっていて、皮膚もひきつっている。

本当は彼にこんな醜《みにく》い姿を見られたくなかった。

「順調によくなっておりますね。ですが、まだ油断は禁物です。菌が入るとすぐに悪化しますから」

「はい」

それから薬草を塗ってもらい、疲労に効くという苦い薬を飲まされて、診察は終了した。

「リリアーヌ、顔が険しいぞ」

医者が出ていくと、シャルヴェさまはベッドに腰掛け私の髪を撫でる。

「あのお薬、苦手ですわ」

なんともいえない強い苦味とほんのり感じる酸味は、飲みほしたあとも口の中に残っていてなかなか消えない。

「少し我慢だ。疲れがたまると傷の治りも悪くなる。でも、お前は疲れることが好きだからな」

たしかに、じっとベッドで寝てはいられない。言い返す言葉もない。

「シャルヴェさま。あまり傷の心配はなさらないでください。大丈夫ですから」

さっきヤケドの痕を食い入るように見つめていた彼は、どこか悲しげだった。

「いや。この白い肌に傷をつけてしまったことは、俺の一生の後悔だ。償えるものではないが、償わせてくれ」

償いのためだけに、そばにいてくれるんだ……。

シャルヴェさまにそう言われて、悲しくなった。

桜桃の木の下で手を握られた時、彼との心の距離も縮まった気がしていたのに、また遠くなってしまった。

でも、まだ諦めるのは早い。今日のように知らない彼の一面を知って、もっともっと彼の心とつながりたい。

「ありがとう、ございます」

笑顔を作ってみせると、「今日はゆっくり休め」と言い残して彼は出ていってしまった。

国を背負う者の葛藤

あの苦い薬が効いたのか、真っ青な空が広がる天気のいい朝を迎えたからなのか、次の日の体調はすこぶるよかった。

疲れもすっかり吹き飛んで、朝から暇を持て余していた。

自分の部屋でひとりきりの朝食は味気ない。シャルヴェさまとは無理でも、せめてコールたちと一緒に食べたいとここに来たばかりのころに申し出たけれど、他の従者たちが緊張してしまうからという理由で許されなかった。

束の間の休息を奪うのも申し訳がない。

でも、本当は王宮で働く人たちと仲良くなりたい。

「コール。皆と一緒の食事は楽しい？」

「そうですね。くだらない話をしているだけですが」

「うらやましいわ。私も皆と話がしたいのに」

なにげなく漏らすと、「それなら、今からパンとジャムを作りますが、一緒にいかがですか？」とコールが言いだしたので、ひどく驚いた。

「本当に？　いいの？」

「はい。王太子さまが、王宮の中ならリリアーヌさまのお好きにしていただいてもいいとおっしゃっていますし、リリアーヌさまのお人柄なら、皆打ち解けると思いますわ」

　私の気持ちは一気に上がった。

「うれしい！」

「そんなに喜んでくださると、私までうれしいです」

　コールと一緒に調理場に向かうと、五人ほどの女性が働いていた。王宮の食事や清掃を担当している人たちだ。

　調理場は想像していたより広く、あと五人くらい増えても作業ができそうだ。真ん中には大きな調理台がある。ここでパンをこねているのだろう。そして大きな窯もあり、鍋も見たことがないほど大きくて驚いてしまった。

「皆さん、リリアーヌさまです。一緒にパンをお作りになりたいそうで」

　コールの紹介に合わせぺこりと頭を下げると、そこにいた女性たちは固まってしまった。

「リリアーヌさま……と言いますと、王太子妃になられるお方ですよね。パンをお作りになるなんてめっそうもない。私どもがいたします」

一番年長者だろうか。貫禄がある茶褐色の髪の女性が言うと、コールはクスッと笑みを漏らす。

「それが、この姫君は少々変わっていらっしゃるんです。ガエルも一緒にパンを作ればわかりますわ」

彼女はガエルという名前らしい。

コールの言葉にガエルは首を傾げている。

「まぁ、コール。変わってなんていませんわ。私はいたって普通よ」

「いえ、ここにいらっしゃること自体、普通ではないんですよ」

コールはおかしそうに含み笑いをしている。

そっか。そうなのか……。

妙に納得したものの、せっかく皆と仲良くなれる機会を得たのだから逃したくない。

「ガエルさん、私も交ぜていただけませんか？　決してお邪魔はしません」

「そ、そんな……ガエルで結構でございます！　それに邪魔だなんて……」

ガエルが卒倒しそうな表情で声を上げる。

でもその様子を見ていたコールは、笑みを浮かべながら首を振った。

「ガエル、緊張しなくて大丈夫ですのよ。リリアーヌさまはいつもこの調子でいらっしゃるんです」

コールがフォローしてくれたけれど、皆、目を見開き固まっている。

「まぁ、そのうちわかりますわ。さぁ、パンを作りましょう。あとでリリアーヌさまが取ってきてくださった桜桃でジャムもこしらえますよ」

コールがうまく取り持ってくれたので、パン作りに参加できることになった。

「それでは、リリアーヌさまはまずはご覧になっていてくださいませ」

ガエルは不安げな顔をしながらも、手を動かし始めた。

「あら、干し葡萄の酵母《こうぼ》ね。私もよく作ったわ」

「は……」

私が調理台の上の瓶に入った酵母を見つけて言うと、皆の手が止まる。

「酵母なんてご存じで……」

「ええ、もちろん。リンゴやイチゴでも作ったわ。よくカビさせてしまって、母に呆れられたけど」

また余計なことを言ったかしら？

ガエルはあんぐりと口を開き、他の人たちはざわつき始めた。

「ご自分でお作りになっていたんですの?」

「ですから、『変わっていらっしゃる』と言いましたでしょう?」

ガエルが感嘆の声を漏らすと、コールがどこか誇らしげに言うので、皆からクスクスと笑みが漏れる。

「あの……私に遠慮はいりません。皆さんと一緒に働きたいくらいです」

あの部屋で一日中退屈な生活を強いられるより、こうしていたほうが楽しい。

「そんなことをしたら、王太子さまに叱られますわ」

ガエルが慌てて言うと、「王太子さまは、リリアーヌさまがこういうことをなさる方だとご存じですよ」とコールはまた笑った。

余程変わっているのね、私……。

そんな始まりではあったものの、パンを作っていると次第に打ち解けてきた。

「リリアーヌさまがこんなにお上手だなんて!」

パンを成形したところでコールが言うと、皆もうなずいている。

サノワではしばしばパンを焼き、父を亡くした子供たちに配っていたから、これくらい造作もない。

その時、廊下でバタバタと走り回るような足音がしだして、急に物々しくなった。

いつも静かな王宮では珍しいことだった。

「なにかあったのかしら？」

ガエルが不思議がると、コールが様子を見に行く。すぐに戻ってきた彼女は眉根を寄せた。

「なんでも、盗みを働いていた子供を捕まえたみたいです。そうした裁きは王太子さまのお仕事ですから、王宮に連れてきたようですね」

私にもわかるように説明してくれたけれど、『裁き』がどのようなものか気になる。

「あの、私、行ってまいります。パンお願いしますね」

窯に入ったばかりのパンを気にしながら立ち上がると、「行かれるって」とガエルが目を丸くする。

私は調理場から飛び出した。

すぐさまうしろをついてきたコールに「お待ちください」と止められたが、足は止まらない。ざわめきが起こっている方向へと進む。

「子供なんですよね。なにかわけがありますよ」

「そうかもしれませんが、盗みは重罪です。きちんと裁かなければ秩序が乱れます」

それもそうだけど……。

貧しい子供たちの面倒を見てきた私にとって、これは他人事ではない。

やがて王宮の正面玄関にほど近い大きな部屋に到着すると、人だかりができていた。

「リリアーヌさま……」

「ヤニック、どうなっているの？」

先に来ていたヤニックに尋ねながら覗くと、シャルヴェさまの前に跪く少年が両脇を兵に挟まれ首を垂れていた。

「盗みを働いたのは認めるんだな」

シャルヴェさまの低い声に、皆が震え上がる。

「……はい。でも、もう家にはお金がないんだ」

歳のころ、七、八歳というところだろう。栗毛の男の子が言うと「王太子さまに口ごたえは許さん」と兵に剣を向けられたので、ハッとする。

「盗みは重罪だ。この場で斬り捨てられても文句は言えぬ」

斬り捨てる？　こんなに小さな子を？

シャルヴェさまが立ち上がり剣を手にするので、緊張が走る。

「処刑は見世物ではない。バスチュー以外は出ていけ」

シャルヴェさまがすさまじい形相で告げると、やじ馬となっていた護衛の兵たちは部屋から出ていく。

でも私は、足が動かなかった。こんなに小さな男の子が処刑されるなんて耐えられない。

「リリアーヌさま」

ヤニックが動かない私を呼んだけれど、首を振って出ていくことを拒否した。

「リリアーヌはいい」

すると、シャルヴェさまがいることを許してくれる。

すっかりやじ馬がいなくなると、彼は剣を鞘《さや》に収め、男の子に視線を向ける。すぐにでも剣を振り下ろしそうな勢いだったので、拍子抜けだ。

「驚かせたな」

シャルヴェさまは男の子の前まで歩み寄り、とても穏やかな声色で言った。

もしかしてさっきの剣幕《けんまく》は他の者を追い出すための芝居だったのだろうか。

「盗みをしたのには理由があるな。お前の目はまっすぐで透き通っている。ただ金が欲しくてやったわけではないだろう？」

彼が男の子の前で膝をつき優しい視線を向けるので、ホッと胸を撫で下ろす。

シャルヴェさまは間違ったことはしない。なにも聞かずに殺したりはしない。

彼が声のトーンを抑え問いかけたにもかかわらず、男の子は目に涙をいっぱいにして震えている。

あんなに怒気《どき》を含んだ声で『処刑』という言葉を口にし、腰に剣を差した大きな彼を目の前にして怖くないわけがない。

「シャルヴェさま。私が話をしてもいいですか？」

「そうだな。そうしてくれ」

シャルヴェさまは立ち上がり、少しうしろに下がってくれた。彼も男の子が自分を恐れていることに気がついたのだ。

「怖がらなくていいのよ。王太子さまが話を聞いてくださるわ。なにを盗ってしまったのかしら」

震えている小さな子がとっさに詳しく話せるわけがないと思った私は、質問をすることにした。

けれど、顔面蒼白《がんめんそうはく》の男の子は言葉が出てこない。

「聞かせて。なにを盗ってしまったの？」

もう一度できるだけ優しい声で問いかけると、男の子は顔を上げ、やっと口を開いた。

「パン」

「パン？」

パンを盗んだだけで、こんなに大ごとになっているの？　シャルヴェさまがなにも聞かない冷たい人だったら、斬られていたかもしれないのに？

「それだけ？」

「うん」

男の子が答えると、バスチューが口を挟んだ。

「シャルヴェさま。先ほどの兵の話では、この者は盗みに入った家で銀の食器を手にしていたと聞いております」

「あれは僕の家のものだ！」

すると今まで声を震わせていた男の子が、突然大きな声を上げた。

「どういう、ことだ？」

再び膝を折ったシャルヴェさまが問いただすと、男の子の顔がクシャッとゆがみ、ポロポロ涙が流れ出した。

「あれは……父さんが生きていたころ、僕の家にあったものだ。父さんが死んで僕の家にはお金がなくなった。そうしたら、あの家の人が少しずつ食べ物を分けてくれた。

でもそれは、あの銀食器が欲しかったからなんだ」

男の子は悔しそうに唇を噛みしめている。

なにも知らず施《ほどこ》しを受けていたら、その見返りを要求されたということだろうか。

「そうだったの。あなたはそれを取り返そうとしたのね」

私が聞き返すと、男の子はうなずいた。

「あの食器は、父さんが僕と妹が生まれた時にひとつずつそろえてくれたんだ」

彼にとってその食器は銀という価値ではなく、父親の形見なんだわ。

「お父さんは、いつ亡くなったの？」

「父さんは、一年前の戦いで死んじゃった」

それを聞いたシャルヴェさまは唖然として、口を開く。

「兵だったのか？」

「うん。父さんはユノヘスを守ったのに、僕たちは食べ物すらなくなったんだ。もう二日もなにも食べてない」

ユノヘスのために戦ったのに、その家族は貧困にあえいでいるなんて……。

シャルヴェさまは両親を亡くした子供たちの面倒を見ているとはいえ、やはり行き届いていないのかもしれない。

「バスチュー。兵の遺族への物資支給はしているはずだな？」

「はい」

シャルヴェさまの言葉に、少しうしろで見守っていたバスチューは大きくうなずいた。

片親になってしまった子供たちにもそういった援助をしているんだ。

彼の懐《ふところ》の大きさに、感動すら覚える。

「そんなの横取りされる。『お前たちは村の厄介者だ。なにも生み出さないくせしてタダでものをもらえると思うな』って」

男の子は眉根を寄せ、涙をポロポロとこぼし続ける。

「ひどい……」

思わずため息を漏らすと、男の子は声を震わせながら続ける。

「僕も妹も、畑で小麦を育ててたんだ。でも、畑まで……」

「まさか、奪われたのか？」

バスチューが口を挟むと男の子は大きくうなずいた。

「ふー」

大きく息を吐き出したのはシャルヴェさまだった。立ち上がった彼は腕を組み、なにかを考えている。

「もうすぐパンが焼けるの。それを持ってくるわ」

とにかくこの子のお腹を満たしてあげたいと思ったのに、男の子は首を振る。

「僕はいらない。妹に食べさせてやりたいんだ」

なんて優しい子なんだろう。

「大丈夫よ。たくさんあるの。お兄ちゃんがフラフラでは、妹さんも困ってしまうわ」

私は男の子の頭を何度も撫でる。

「かっこいいお兄ちゃんね」

そう言うと、彼の目から再び涙がこぼれ始めた。

辛かっただろう。怖かっただろう。そっと抱きしめると、号泣に変わる。

「もう泣かなくてもいい。必ず生活を改善する。バスチュー。至急兵の遺族の生活について調べ直し、物資がいきわたるようにしろ」

「かしこまりました」

シャルヴェさまの言葉に、男の子の嗚咽《おえつ》は収まった。

そして彼は、男の子の頭に手を置き再び口を開く。

「怖がらせて悪かった。お前のこの涙は、すべて私のせいだ」

シャルヴェさまは男の子の目をまっすぐに見つめたあと、頭を下げる。

するると、男の子はハッと目を見開いた。

「お前の父を守れなかったのも、お前たちを泣かせたのも、私だ。家族は必ず救う。もうその村に住み続けることは辛かろう。他に住居と畑を用意しよう。だからお前は、母と妹を守ってくれ」

「ホントに？　僕、処刑されないの？」

男の子はキョトンとしてシャルヴェさまを見つめる。

「もちろんだ。ただし、今度なにかあった時は、自分でなんとかしようとは思わずここに来い。必ず力になろう。銀の食器も取り戻すぞ。お前の父はユノヘスの英雄だからな」

彼が言うと、男の子の目が輝いた。

「王太子さま。この子を助けてくださり、ありがとうございます」

シャルヴェさまの配慮に視界が滲んできてしまう。温かい決裁にお礼を言うと、彼は首を振る。

「お前の泣き顔は見たくはないぞ？」

「すみません……。うれしくて」

慌てて手で涙を拭った瞬間、彼は男の子を抱き上げた。

「リリアーヌのように優しい大人になれ。他人のために泣ける大人に」

「王太子さま……」

まさかそんなことを言われるとは思ってもいなかったので、ますます涙が溢れてきて止まらなくなる。

「リリアーヌ。盗みは厳重に処罰しなければ国の秩序が乱れる。だから、処刑したことにして裏から逃がす。パンを用意できるか？」

「はい。すぐに」

私は涙を拭き、うなずいた。

「バスチュー、エドガーとふたりでこの子を村まで連れていき、家族と共に村を出ろ。あそこにまだ家が空いていたはずだ」

『あそこ』というのは孤児たちを集めたあの集落のことだろう。

「承知しました。すぐに用意してまいります」

シャルヴェさまの決断力と行動力には頭が下がる。

私はすぐに調理場に走り、コールにだけは事情を話してパンをこっそり用意した。

そして部屋に戻り、男の子にひとつ持たせる。

「ほら、食べなさい。お母さんと妹の分もたくさんあるからね」

「うん！」

余程空腹だったのだろう。男の子はシャルヴェさまの前だというのに、ガツガツ食べ始めた。

「シャルヴェさま。本当にありがとうございます」

もう一度お礼を言うと、彼は小さくうなずく。

「子供たちはユノヘスの宝だ。リリアーヌが礼を言うようなことではない」

シャルヴェさまの優しい表情に、心がじわじわと温まるのを感じた。

「シャルヴェさま、すぐにでも出発できます」

そこへバスチューが戻ってきた。

「頼んだぞ。それじゃあ、元気で暮らせ」

やっとパンを飲みこんだ男の子にシャルヴェさまが声をかけると、彼は大きくうなずき「ありがとう」とつぶやく。

そしてバスチューに連れられ、行ってしまった。

「リリアーヌ。また疲れさせてしまったな」

「とんでもございません」

シャルヴェさまは私のそばまでやってきて、さりげなく腰を抱く。

「改めてシャルヴェさまの偉大さがわかりました。そのようなお方のそばにいられて、私は……」

『幸せです』と言いたかったのに、言えなかった。

感極まってしまい声が続かなかったのもある。でもそれ以上に、私のケガに責任を感じている彼にとっては迷惑なひと言かもしれないと躊躇《ちゅうちょ》したからだ。

「リリアーヌ。少し休もう。さすがに俺も疲れた」

シャルヴェさまは、私を促し部屋を出る。そして、私の部屋までゆっくり歩いてくれた。

「パンを作っていたのか？」

「はい。コールに頼んで調理場の作業に混ぜてもらいました。シャルヴェさまにも焼きたてを食べてもらいたかったんですけど、あの子にたっぷり持たせてしまって……」

もう残っていない。

「それは構わない。また作ってくれればいいだろう？」

「そうですね。もっとおいしいパンを焼きますわ。期待していてください」

そう言いながら彼を見上げると、口角を上げうなずいてくれた。

部屋に入った途端、彼は私を抱き上げベッドに下ろす。

「足の調子はどうなんだ？」

「昨日ご覧になりましたでしょう？　すぐには変わりませんよ」

「そうだが、心配なんだ」

シャルヴェさまは自分のことのように苦しげな顔をする。

やっぱり彼はとびきり過保護だ。

彼は傷痕《きずあと》が残ることを盛んに気にしているようだけど……。

「大丈夫ですよ。隠していれば、傷痕もわかりません」

私は努めて明るい声で言った。その瞬間。

「キャッ！」

彼は横たわる私の手を握ったかと思うと覆《おお》いかぶさり、見下ろしてくる。

「お前は強い。でも、こんなに簡単に組み伏せられる」

「シ、シャルヴェさま？」

途端に激しくなる鼓動が彼の耳にまで届いてしまいそうだ。

「お前の心も同じ。強く見えるが、突然ぽっきり折れてしまうのは怖い。そうなってしまう前に俺には吐き出せ。そのために俺がいる」

本当に彼は優しい人だ。芝居だったとはいえ、ついさっき怒りのオーラを纏い剣を抜いた人とはまるで別人。

「ありがとうございます。本当は、不安なことも……あります」

思わずそう口走ってしまった。

でもそれは、傷痕が残るかもしれないという不安ではなかった。

傷がよくなりこうして歩けるようになった今、シャルヴェさまが『サノワに帰れ』と言えば帰らなくてはならない。

彼は責任を取るとは言ったけれど、もしこの先愛する人を見つけ妃とするなら、私は邪魔だ。

バスチューは私のことを、『大変お気に召している』なんて言い方をした。でも、それもここに私を置いておくための演技だろう。

それに、妃となる者にこんな傷はないほうがいい。

しかし、彼の優しさを知れば知るほど、ここを離れたくないという思いが強くなる。

私の心は、もうシャルヴェさまに奪われていた。

「不安とはなんだ?」

「いえ、なんでもございません」

いつ出ていけと言われるだろうかという不安でいっぱいなことは、彼には言えない。

彼を欺きここにやって来た私に、そんなことを言う権利はない。

「リリアーヌ」

すると、シャルヴェさまは少し困った顔をして私の頬に触れる。その触れ方があまりに優しくて、無性に泣きたくなった。

「お前の不安はすべて解消したい。なんでも言え」

言えばずっと置いてくださるの？　愛して、くださるの？

私はそんな言葉をぐっと呑み込み、視線を逸らした。

「リリアーヌが元気がないのは困るんだ」

「困るんですか？」

私が元気かどうかが、シャルヴェさまに関係あるの？

聞き返すと、彼は複雑な顔をして「フーッ」と息を吐き出す。

「どうして困るのか俺にもよくわからない。でも、困るんだ」

シャルヴェさまが意味のわからないことを言いだすので首を傾げたものの、他の者の前で威厳を保っている人の言葉とは思えず、思わず口を押さえて笑ってしまった。

「なんだ？」

「いえ、シャルヴェさまにもわからないことがあるのですね」

「わからないことだらけだぞ」

彼はそう言うと、私の耳元に唇を寄せる。

「特にお前のことがな」

さっきまでとは違う甘い声での囁きに、背筋に電流が走ったような衝撃を受ける。まるで『お前のことを知りたい』と言われているかのように思えてしまい、息を呑む。

ううん。これは錯覚よ。

私は暴走しそうになる自分の気持ちにブレーキをかける。

「だからなんでも言え」

「はい。ありがとうございます」

もう一度お礼を言うと、彼は私の頬に優しく触れてじっと目を見つめてから部屋を出ていく。

彼の目がなにを言っているのかはわからない。でも私の心は激しく揺れ動く。

私はシャルヴェさまの優しさに触れるたび、どうしようもなく心が奪われていくのを感じていた。

愛しい人のために

それから五日。

私は落ちてしまった体力を元に戻すことに一生懸命だった。

シャルヴェさまと一緒に出かけたり、調理場でパンを作ったりはできるものの、馬を乗りこなし、木登りを楽しんでいたころのようには動けない。ベッドに寝てばかりいたので筋力が落ちてしまっているのだろう。

その日は朝からヤニックがやってきて、話し相手になってくれていた。

「ヤニック。あなたはそろそろサノワに帰りなさい」

「しかし……」

コールもガエルもよくしてくれる。バスチューも心強い味方だ。なにより、シャルヴェさまが気にかけてくれるようになった。

「サノワに家族がいるのだから、そうすべきです」

「それはリリアーヌさまも同じです」

ヤニックは、私に一生仕えてくれるつもりでユノヘスにやって来たのかもしれない。

でも彼はまだ若く、彼自身の人生を楽しむべきだ。

「私は王太子さまにお仕えするためにここに来たのです」

私はシャルヴェさまの妃となると決めつつあった。

彼は自分で決めてもいいと言ってくれた。

それがたとえ、愛や恋という感情ではなく足の傷のせいだったとしても、私が彼の妃に収まれば、姉が代わりに来る必要もない。優しいシャルヴェさまのことだ。サノワにも力を貸してくれるだろう。

こうすることがサノワにとっても一番いい。

というのは言い訳かもしれない。本当は……シャルヴェさまに心を奪われてしまった今、離れ難くなってしまったのだ。——たとえそれが一方的な気持ちで、彼から愛されなかったとしても。

それに妃となれば、『サノワに帰れ』と言われるかもしれないという不安はなくなる。

ただ……シャルヴェさまは別に愛する女性を見つけ、妃として迎えるかもしれない。

彼の妃となり近くで仕えていれば、その心の動きをはっきりと感じてしまうだろう。

どういう形に転んでも、愛というもので結ばれているわけではない今、不安は拭い去ることができない。

あれほど私の足のことを気にしている彼を見ていると、やはり愛とは別の感情で私を置いてくれようとしていると思えてしまうのが現実だ。

でも、これほどまでに心配してくれるシャルヴェさまのそばから離れることのほうが辛かった。

「しかし、リリアーヌさまおひとりで置いてはいけません」

「私はひとりじゃないわ。王太子さまがいらっしゃるもの」

そう言うと、ヤニックは顔をしかめる。

「たしかに王太子さまは、リリアーヌさまにはとてもお優しく接してくださいます。ですが、そもそも忠誠の証としていらっしゃっているのです」

それはつまり『人質』と言いたいのだろう。

「わかっているわ。でも、王太子さまを信じたいの」

あれほど優しい彼が、あの子を逃がしてくれた彼が……これから私にひどい仕打ちをするとは思えない。

「それに、最初からあなたをサノワに帰すつもりだったのよ」

「ですが、リリアーヌさまと一緒にここに来て、そのお人柄に惹かれました。この人になら一生を捧げてもいいと」

「ありがとう、ヤニック」

最大の褒め言葉だ。

でも、ヤニックの人生を縛りたくはない。

「ヤニック。私のことを思ってくれるなら、ひとつお願いがあるの」

「なんでしょう？」

「母を……サノワでひとりになってしまった母を、お願いできないかしら」

あの男の子を見て、母はどうしているのかと心が痛んだ。

母は私を育てるために、国王である父の援助を受けてきた。でも、私がいなくなった今、それを拒否しているのではないかと心配になったのだ。

「それがリリアーヌさまのご希望なのですね」

「そうよ。だからあなたはサノワに帰って」

もう一度言うと、ヤニックは納得はしていない様子ながらもうなずいた。

「承知、いたしました。母君については、この私が必ずお幸せを見届けます」

「ありがとう。ヤニック」

もうすっかり打ち解けた彼と離れるのは寂しい。でも、二度と会えないわけじゃない。いつかシャルヴェさまが平和な世を作ってくれれば、両国間を行き来することも簡単になるだろう。

ヤニックの気が変わらぬうちにと、早速私はシャルヴェさまの元へと向かった。彼に許可を得なければ勝手なことはできないからだ。

シャルヴェさまは、昼間は王宮の東側にある執務を行っている部屋にいることが多い。

部屋を出て長い廊下を歩き始めたが、この時間は掃除を担当している女性たちも休憩中で、しーんと静まり返っている。

やがて正面玄関まで行くと、門番がひとりの男を伴って歩いていた。

「リリアーヌさま。この者が王太子さまに頼まれ、リリアーヌさまのお召し物に使う布を持ってきたと言っております」

「私の？」

そんな話は聞いていない。でも、シャルヴェさまの心遣いがありがたかった。

「そうですか。丁度王太子さまのところに行こうと思っていましたので、私がご案内します」

門では厳しく身柄や持ち物を調べられる。ここにいるということは、それらをクリアしたということだ。

男を連れて歩き始めると、門番は戻っていく。

しばらく進んだところで、うしろを歩く男が突然口を開いた。

「随分簡単だった」

「なにかおっしゃいました？」

はっきりと聞き取れず振り向いた瞬間、険しい表情の男に右の肩をむんずとつかまれ、首に冷たいものが触れる。

「なにをするの！」

男が私の喉元にナイフを突きつけたのだ。

「あ、あなた、何者？」

「驚いたな。腰でも抜かすかと思ったが、話す余裕があるとは」

男は不敵な笑みを浮かべ私を睨みつけてくる。その目は冷たく、背筋が凍りそうだった。

「王太子のところに案内しろ」

私は男の姿を観察して冷静に考えた。

ナイフを持つ男の右肘を外にはじけば、隙が生まれる。その間に逃げ出せるかもしれないけれど、それは体力のある時の話だ。

今はまだ完全に体が戻ってはおらず、おまけに長い丈のドレスが走るのには邪魔になる。

「なにをしている。早くしろ」

「わかったわ」

とりあえず、要求に従うフリをすることにした。

シャルヴェさまがいると思われる部屋から遠ざかるように、誰かが気がつくことを祈りながらわざとゆっくり歩く。

でも静まり返った王宮は誰も出てきてくれない。

この時間なら調理場に行けばコールたちがお茶をしていることはわかっていたものの、あそこには女性しかいない。巻き込むわけにはいかない。

私は北の塔のほうへと足を進めた。

「おい。どこまで行くんだ」

「もう少しです」

男は長い廊下を延々と歩き続ける私をおかしいと思ったのか、首の前に突きつけていたナイフを皮膚に押し付けてくる。

「やめてください」

「肝のすわった女だな。お前、嘘をついているだろう。死にたいのか！」

男は凄んでみせるけれど、引き下がるわけにはいかない。

「王太子さまは、あなたのような無礼者には会ったりしません」

そう言えば、男は真っ赤な顔をして激高した。

「でかい口を叩きやがって！　このナイフを引けば、お前の命などひとたまりも……ウッ」

これ以上は無理だ。

私は男のみぞおちを肘で殴り、その手をかいくぐり走り出した。

「クソッ！　この女……」

「ヤニック！　バスチュー！」

そして、誰かが気づいてくれないかと必死に大声を張り上げる。

しかし、シャルヴェさまの部屋の近くには護衛の兵が待機していても、人気のない北の塔になんて誰もいるはずがない。

「エドガー！　誰か……」

それでも必死に声を張り上げ叫び続ける。けれど、やはり長いドレスが邪魔になり足がもつれ、すぐに捕まってしまった。

「手間をかけさせやがって！　素直に王太子のところに連れていけば、命は助けてやったのに」

壁に押し付けられ再び喉元にナイフを突きつけられたものの、ひるんだりはしない。

シャルヴェさまのところに連れていくわけにはいかない。彼はこの国に必要な人だもの。

「あなたはなぜ、王太子さまに会いたいのです？」

とにかく今は時間稼ぎをするしかない。

「そんなもの、決まっている。命をいただくのさ」

「なぜです？」

「なぜって……」

男は「ハハハッ」と呆れたように野太い笑いを返してくる。

「シャルヴェの命をいただけばこの国は滅びるであろう」

つまり、すべての指揮権を持つシャルヴェさまを狙い、ユノヘスを混乱させようとしているのだ。

「王太子さまは、あなたには殺せません」

私は視線を尖らせ男を睨みつけた。

こんな姑息な手を使う男に、シャルヴェさまが負けるわけがないわ。

「さっきから言わせておけば、この女！」

私の態度に目を血走らせる男は、ナイフを横にスッと引く。すると首に痛みが走り、床にポトリと鮮血がこぼれた。

「さあ、どうやって殺してほしい？　じわじわ逝《ゆ》きたいか？」

男は血の付いたナイフを再び私の首に突き立てる。

焦ってはダメ。まだ逃げるチャンスがあるはず。

必死に自分にそう言い聞かせ、平静を装った。

「私は誰かを傷つける人が嫌いです」

「お前、自分の立場がわかっていないようだな」

男がニヤリと笑い、手に力を込めたその時――。

「その手を離せ」

聞こえてきた低い声に息を呑んだ。それがシャルヴェさまの声だったからだ。

一番来てはいけない人が来てしまった……。

私は焦った。

シャルヴェさまは剣の達人だと聞いている。でも、私が捕まっていては不利だ。

「これはこれは。王太子直々においでになるとは。この女を殺されたくなければ、その剣を捨てろ」

シャルヴェさまは首筋の血に気がついたのか、目を見開き唇を噛みしめる。

「王太子さま、どうかお戻りください。あなたはこの国に必要な人。あの男の子や民をお助けください」

私は必死に訴える。

「うるさい、黙れ！」

怒りを露わにする男は、ナイフの先を私の心臓に向ける。すると、シャルヴェさまが剣に手をかけ身構えた。

「その女を殺した瞬間、お前の命もない」

シャルヴェさまがそう言い放つものの、男も動じない。最初から命がけだったのだろう。

「そうか。それならやってみるか？　この女はお前の妃になる者だと聞いたが？」

男は冷たい笑みを浮かべ、挑発する。

それも知っていたんだわ……。

「リリアーヌを離せ」

シャルヴェさまは鋭い視線を男に向け、低く唸《うな》るような声で言った。

「それなら剣を捨てよ」

私は小さく首を振る。

捨ててはダメ。

心の中で念じたものの、シャルヴェさまは男に従い剣を置いてしまった。

「いいだろう」

どうしたらいいんだろう。なにか手を考えなくては。

俊敏さが元に戻ったとは言い難い今、できることは知れている。でも、私のせいでシャルヴェさまになにかあっては困る。

「壁の方を向き、手を挙げて立て」

男は私にナイフを向けたまま、シャルヴェさまに指示を出す。

「早くしろ」

今だ！　今なら、シャルヴェさまに目が向いている。私は思いきってナイフを握る男の手に噛みついた。

「いっ、痛ぇ‼　お前、なにしてやがる！」

いっそう力を込めて噛みつくと、やがて男の手からナイフが転げ落ちた。

そして、その瞬間を見逃さなかったシャルヴェさまは素早く剣を拾い、男に剣先を向ける。

「なっ……」

「リリアーヌ。離れて目を塞げ」

私はシャルヴェさまの声と共に離れ数歩下がり、目をそむけた――。

「や、やめ……ギャァァァァーッ！」

男の断末魔の叫びと共に、生暖かい赤褐色の液体が飛んできて私のドレスに散る。

こうするしか仕方がなかったことは理解しているつもりだ。

シャルヴェさまが私を守ってくれたことも、反逆者を殺害しなければならないことも、全部わかっているはずなのに、目の前で人を殺されたのが初めてで動揺してしまい呼吸が浅くなる。

「リリアーヌ。怖かっただろう？」

「シャルヴェさま……」

剣を捨てた彼は、すぐにうずくまる私のところまでやってきてくれた。そして、苦しげな表情で私の肩に手をかけ、首筋の傷に唇を押し付けて流れる血を舐める。

彼の唇の熱さのおかげで、自分が生きていることを確認した。

しかし、たった今目前で起こった出来事が、夢のように感じられてしまう。いや、夢であってほしい。

「また、お前を傷つけてしまった」

「違います……」

あなたが助けてくれたの。

そう伝えたくて必死に落ち着こうとしたのに、声が震えてしまう。

「あっ……」

その上、シャルヴェさまの手が真っ赤に染まっているのを見て、思わず顔をそむけてしまった。

「すまない。お前は争い事が嫌いだったな」

彼は自分の手を見て、私から手を離す。

「シャルヴェさま！　ご無事ですか⁉」

その時、ようやくバスチューが駆けつけてきた。

「あぁ。リリアーヌがケガをしている。すぐに手当てを。コールを呼んで着替えも」

シャルヴェさまは血に染まったドレスに視線を送ると立ち上がり、それだけ言い残して去っていく。

私、なんてひどいことを……。

助けてもらったのに、彼を拒絶するかのような態度をとってしまった。

「シャルヴェさま……」

私の声は届かなかったのか、彼が振り向くことはなかった。


「本当に傷が浅くて、よかったですわ」

医者の手当てが終わると、コールがベッドの横にやってきて涙をこぼす。

「心配かけて、ごめんなさい」

「いいんです。リリアーヌさまさえご無事なら」

もうすっかり家族のように大切な存在になっているコールは、私のためにポロポロと涙を流してくれる。

「痛みますか？」

「大丈夫よ」

気丈に振る舞おうとするものの、さっき薬草をつけられた傷がじわじわと痛みを放っていて、うまく笑えない。

でも、首の傷より心が痛んでいた。私に背を向ける前のシャルヴェさまの苦しげな表情が頭から離れない。

「どうしてあの時、シャルヴェさまが来てくれたのかしら」

彼の部屋からは遠ざかったのに。

「はい。聞いたところによりますと、門番のひとりが客人を伴って王宮に入ったまま戻ってこないと別の門番からバスチューに報告が入り、それで王太子さまのところに走ったそうで……」

それじゃあ、あの門番はあの男がどんな人物か知っていて、買収されたのかもしれない。

そういえば以前、コールが『裏切るものもおります』と言っていたけれど、こういうことなんだ。

自分の周囲にいる人が、いつ裏切るとも知れないと覚悟をしていなければならないなんて、シャルヴェさまはどれだけお辛いのだろう。

「そうしましたら、王太子さまはすぐにリリアーヌさまの所在をお聞きになったんだとか」

「私の？」

「王太子さまは、リリアーヌさまが心配でたまらないのですよ」

彼女の言葉に首を傾げる。

それは、妃になるかもしれないから？　またユノヘスで傷が増えたら困るから？

「私がいろいろしでかすからかしら？」

「そうかもしれませんね」

コールはクスッと笑う。

「リリアーヌさまのお姿が見えないとわかり、王太子さまは自分の部屋から遠い場所を探せと命じられたんです」

「えっ……」

「そのとおり、遠い北の塔にいらっしゃって、バスチューが驚いておりましたわ。どうしておわかりになったんでしょうね」

コールの言葉に私は返事をしなかった。

もしかして彼は、私の気持ちなどお見通しだったのではないだろうか。

「シャルヴェさまは、今どちらに？」

無性に彼に会いたい。

「はい。只今湯の準備ができましたので、体をお清めに……」

彼女が『血を洗い流しに』ではなく『お清めに』と言ったのは、血だらけの彼を見たばかりの私に気を遣ってくれたのだろう。

「ありがとう、コール。少しひとりにして」

「かしこまりました。本日はもう王宮の門を閉め開けることはございませんので、ご安心ください。ですが隣の部屋にヤニックが控えております。なにかございましたらすぐに声を上げてください」

「わかったわ」

コールが部屋から出ていくと、私はシャルヴェさまがいるはずの湯殿に向かった。湯殿と脱衣室とを隔てる大きな扉越しに人の気配を感じる。そして脱ぎ捨てられている血だらけの衣服に気がつき、胸がズキンと痛んだ。

「シャルヴェさま……」

思いきって声をかけると「リリアーヌか?」とすぐに気づいてくれる。

「傷は浅かったと聞いたが、大丈夫か?」

「はい。お話があります」

「なんだ」

私は扉に向かって顔を上げ、口を開いた。

「ヤニックをサノワに帰したいのです」

「ヤニックを?」

「はい。そして……私をシャルヴェさまの妃にしてください」

彼は自分で決めろと言った。それなら、やはりこの返事しかない。

自分の危険を顧《かえり》みず助けに来てくれたシャルヴェさまの妃になれるのなら、たとえ愛されなくても本望だ。

「俺はこの手でたくさんの命を斬ってきた」

「はい」

「これからも、斬るだろう」

彼の声がひどく悲しげに聞こえ、胸が締め付けられる。でも、大国の君主として手を下さなければならないこともある。

「わかって、おります」

恐らく彼は、さっき私が顔を逸らしたことを気にしている。

「ヤニックと一緒にサノワに帰るがいい。お前はユノヘスの民を救ってくれた。サノワとの同盟も約束しよう」

今になってどうしてそんなことを言うの?　はっきりと心が固まったのに……。

「なぜですか？　傷だらけの妃はおいやですか？」

「そんなことは関係ない。ここにいると、お前の心の傷が増えてしまう」

心の、傷？

「リリアーヌは俺の妃になるには優しすぎる。ここにいたら、お前はそのうち自分の命を差し出して誰かを守るだろう。さっきもそうだ。俺からあの男を引き離すために、わざと人気のない方へ向かったんだろう？」

やはりすべてわかっていたんだわ。

彼の命が失われるくらいなら自分の命を差し出そうと思った。でもそれは、この国にとって彼の存在がどれだけ大きいものか理解しているからだ。

「それはシャルヴェさまも同じではありませんか？　先ほど剣を置き、私を助けようとしてくださった……」

そう言うと、チャプンという水音が聞こえた。

「俺は民を守るためにここにいるんだ」

この時、彼の王太子としての強い覚悟を改めて思い知った。

軍の先頭に立ち自ら斬り込んでいくのも、すべてはユノヘスの民を守るため。そのためならば自分の命など顧みない人なんだ。

「私は、サノワを守りたくて……そして、戦いのない世を作りたくてユノヘスにまいりました」

感情が高ぶり、声が震える。

「戦いのない世など無理だ」

「いえ。剣で領土を奪うのが正しいと皆が思っているのは、子供のころからそう言い聞かせられてきたからです。思いやりを持ち、困った時は食べ物を分け合い、助け合い……そうすることが正しいとわかっていれば、争い事はうんと減ります」

私は本気だった。

今すぐ戦いがなくなるとは思えない。でもそうやって努力していかなければ、いつまで経っても血なまぐさい世は終わらない。

「それは理想論だ」

「わかっております。でも理想を掲《かか》げることこそ、国を導かれるシャルヴェさまのお仕事ではありませんか？」

もしかしたらとんでもなく失礼な言葉だったのかもしれない。でも、言わずにはいられなかった。

「先日、シャルヴェさまと遊んでいた子供たちの目は輝いていました。シャルヴェさまが彼らを大切にしていらっしゃるのも伝わってきました。どうか、彼らに平和な世をお与えください」

見えない彼に向かって深く頭を下げる。

「お前は本当に……。俺を恐れてそんなにずけずけとものを言う者はいないぞ?」

彼の声色が幾分か柔らかくなったように感じる。

「シャルヴェさまはお優しいですから、怖くなどありません」

そう言うと、ザーッという水音がする。湯から出たのかもしれない。

「リリアーヌ。入ってこい」

「え……」

それは無茶だ。彼と裸でベッドを共にするという使命も相当な覚悟がいる。でもベッドは寝具があるから体を隠すことができる。

「脱がなくてもいい」

すると私の戸惑いがわかったのか、彼は続けた。

「……はい」

でも、扉の向こうの彼は当然裸だ。どうしよう……と迷ったけれど、彼ともっと近づきたい。

私は意を決して扉を開け、視線を逸らしながら中に入った。

「こっちに来い」

「いえっ、無理、です……」

激しく首を振る。

「じゃじゃ馬のくせして、これはできないのか？」

シャルヴェさまはククと声を上げて笑いだす。

最近は時々笑顔を見せてくれるようになったけれど、あんなことがあったあとだからか驚いてしまった。

「いいから来い」

「……はい」

命令された私は、しぶしぶ近づいた。

シャルヴェさまの下半身は布で隠されていたものの、鍛え上げられた見事な肉体が目の前にある。

あと数歩というところまで近づくと、彼は私に真剣な眼差しを向ける。

「これでもお前は、俺の妃になるか？」

そして、私に背を向けた。

「シャルヴェ、さま……」

私がそれきり言葉を失ったのは、彼の背中に大きく醜い傷痕があったからだ。それは私の足のヤケドの痕に似ていて——いや、もっとひどく——皮膚は不恰好に盛り上がり、色も浅黒く変色している。

「皆、これを見ると逃げていくぞ？」

それじゃあ、初めて夜を共にしたあと妃候補がいなくなるのは、この傷のせい？

「これは、ヤケドではございませんか？　どうされたんです？」

戦で傷ついたのだろうか。

「俺がまだ小さかったころ、王宮の東の端で火事があった。それは王宮に潜り込んだ敵国の男が放った火だったが、俺たち兄弟の部屋の近くが火元で……」

兄弟？

「シャルヴェさまにはご兄弟がいらっしゃったんですか？」

「あぁ、三つ離れた兄が。その火事で死んだ」

衝撃の事実に思わず口を押える。

「そして兄を助けようとした母も死んだ」

「そんな……」

そんなこと少しも知らなかった。

箝口令《かんこうれい》が敷かれているのだろうか。バスチューもコールも教えてくれなかった。

「その時に、このおケガをなさったのですね」

私は無意識に彼の背中の傷に触れていた。

「リリアーヌは怖くないのか？」

「どうして怖いのです？」

そう言ったものの声は震えてしまった。もちろん怖いからではない。悲しいからだ。

この傷を負った時、彼はどんなに辛かっただろう。どんなに痛かっただろう。どんなに……。

そんなことを考えていると、瞳から涙がこぼれ出していく。

「泣いて、いるのか？」

「申し訳ございません。シャルヴェさまがこれほどお辛い過去を背負われていたことを、ちっとも知りませんでした」

「お前が泣かなくてもいい」

彼は振り向いて私の頬に手を伸ばし、涙を拭ってくれる。

「この傷に触れたのはお前が初めてだ。気持ち悪かっただろう？」

「それならば、私の足の傷も気持ち悪いとお思いですか?」

私の傷は彼のそれとは比べ物にならないほど小さく、浅い。それでも、白い肌に浮き上がるヤケドの痕は、赤黒く醜い。

「そんなわけがない。お前の傷は、民の命と同じ重さがある」

彼は私の手を引き自分の膝に座らせ、ドレスの裾をまくり上げて傷に触れた。

「シャルヴェさまの傷も同じでございます」

「リリアーヌ……」

彼はそのまま私を抱きしめてくれた。そして私は、彼の素肌に頬をつけ目を閉じた。温かい。大変な傷を負ったかもしれないけれど、彼はこうして生きている。

「国王は、その事件のあと病に臥せった。世継ぎだったはずの兄を失い、なにより愛していた母までも失ったことで、精神に異常をきたした」

「えっ?」

「そのため、そのあとの執務《しつむ》はまともにこなせていない」

彼は悲しげな顔をして、小さなため息をつく。

だから、彼がユノヘスを動かしているんだ……。

それに、ここに来てから一度も国王を見かけることがなかったわけも理解した。もしかして王宮に極端に人が少ないのも、それを隠すためなのかもしれない。

「誰かをそれほどまでに深く愛することは危険だ。ひとりの女のせいで国が滅びては困る」

彼はそこで口をつぐんでしまった。

その言葉が胸に突き刺さる。まるでお前を愛するつもりはないと宣告されたかのようで、苦しい。

けれど……もし彼が私を愛してくれることがなかったとしても、愛というものを忘れてしまったら、平和な世など絶対にやっては来ない。

「ですが、愛こそが国を救います。互いを思いやり、時には譲歩して……そういう心がけをすべきだと教育されて育った子は、他人を傷つけることを好みません」

それは私自身がサノワで子供たちに関わってきて知った事実だった。子供たちに何度も言い聞かせると、ケンカがみるみるうちに少なくなっていった。

「それでは隙が生まれ兵が弱くなる。情けなど無用だ」

シャルヴェさまは少し眉を上げ、険しい顔をする。

「いえ。根本から変えるのです。そもそも兵が必要ない世界を目指すことこそ、民が求めているものではないでしょうか。分け合うことを覚えた者は、余計な侵略は好みません。だから、自分から戦を仕掛けることはなくなるのです」

これはあくまで私の予想だ。自分が関わった子供たちがそこまで大きくはなっていないからだ。でも、私の言葉を理解してくれた彼らは、確実に優しく穏やかに変貌を遂げていった。だから、そうなる確信はある。

「お前は、本当に変わった女だ」

彼は今度は表情を緩め、私の腰に回した手に力を込める。

「すみません」

「いや、褒めている」

褒めているの？

「シャルヴェさま！」

その時、ランシャンの大きな声が聞こえてきた。

「なんですか？　騒々しいですよ」

扉の向こうのランシャンに語りかける彼は、以前とは違い丁寧な言葉遣いだ。

「暴漢が侵入したと聞きました。この私が街に出ている間に……。申し訳ありません」

「それはランシャンのせいではないでしょう。それに、バスチューもエドガーも、他の者もいたのですから」

「しかし！　シャルヴェさまに万が一の……」

ランシャンが扉の向こうで再び口を開くと「ランシャンのよくないところは、話が長いところなんだ」と彼は私にこっそり耳打ちする。

「そうなんですの？」

私はランシャンとはまだあまり話したことがない。だから、怖そうな人だという印象しかない。

「リリアーヌ。甘い声を出せるか？」

「甘い？」

なにを言っているの？

なんのことかさっぱりわからず、呆然とシャルヴェさまを見つめていると、彼は突然私のスカートの中に手を入れ太ももを優しく撫でる。

「あっ、ヤッ……」

あまりに突然のことで思わず声を上げると、「あっ……リリアーヌさまとご一緒でしたか！」とランシャンの慌てるような声がする。

「そうです。すみませんが……」

「わかっております。失礼いたしました」

そしてバタバタとランシャンは出ていった。

「シシシシ、シャルヴェさま⁉」

彼はランシャンが行ってしまうとすぐに手をスカートの中から出してくれたものの、あまりの恥ずかしさに視線を合わせることすらできない。

「リリアーヌは、本当にかわいい女だ」

シャルヴェさまはクスクス笑みを漏らしながら、私の髪を撫で始めた。

「そ……」

『そんなことはありません！』と言いたいのに、頭の中が真っ白になってしまい、言葉も出てこない。

「これでランシャンの長い話からは逃れられたな」

そのためにあんなことを？

私はランシャンに変な誤解をされたのではないかと慌てふためいているのに、彼は涼しい顔をしている。

「リリアーヌの肌は滑らかで気持ちがいい」

「なっ、なにをおっしゃって……⁉」

私は思わず彼の膝から飛び下りた。彼に触れられた太ももが熱を帯びているのに気がついて、ソワソワしてしまう。

「なかなか初々しい反応だ」

「し、失礼します……」

シャルヴェさまのからかいに耐えられなくなり湯殿を出ていこうとしたところ、

「リリアーヌ」と呼び止められた。

「三日考えろ。三日冷静に考えて、それでもなお妃となるというのなら、夜、俺の部屋に来い。そうでなければ、ヤニックと一緒に旅立てばいい。そしてサノワの王に伝えろ。今後、ユノヘスが必ずサノワを守ると」

ついさっきまでとは違う彼の低い声が胸に突き刺さる。

「シャルヴェさま……」

「もう行け」

私はとっさに返事をすることができず、小さく頭を下げ、部屋に戻った。

「三日……」

シャルヴェさまがサノワを守ると約束してくれた今、自分がここに残る理由はない。

それに、サノワには母もアリアナも、私を慕ってくれていた子供たちもいる。

パンを盗んで囚われた男の子を見て、やはり孤児を放置してはいけないと思った。

大切な人を殺されたという怒りは、いつか剣を振り下ろすという行為に変わる。そうするとまた犠牲者が生まれ、永遠に恨みの応酬が続く。

サノワにやり残して来たことがまだあった。

「私はどうすればいいの？」

夜が更け、窓からは淡い光を放つ月が見える。ベランダに出た私は、空を見上げて月に問うた。

『誰かをそれほどまで深く愛することは、危険だ』と言い切ったシャルヴェさまは、妃にしてくれたとしても、私が望むような心通わせ合える仲にはならないだろう。

「愛することは、無駄なことなの？」

そうつぶやいた瞬間、瞳から涙がこぼれた。


三日間考えろと言われても簡単に結論は出ない。

眠れぬ夜を過ごした翌朝、コールやガエルたちと一緒にパンを作るために調理場に向かった。

今はなにかしていないと余計に落ち着かない。

「リリアーヌさまは本当にお上手ですね。驚きました」

最初は身構えていたガエルも、すっかり私を受け入れてくれた。

「リリアーヌさまも食堂で一緒に食べられます？」

「いいんですか？」

コールの提案が飛び上がるほどうれしい。ひとりきりで食べる食事は味気ない。

しかし、シャルヴェさまは当初聞いていたとおり食事も部屋でとり、最近ではバスチューたちと食卓を囲むこともないようだ。

「シャルヴェさまは、もう食べられたの？」

「いえ。今朝は剣術の稽古《けいこ》がございますので、そのあとです」

コールが食器を出しながら言う。

「剣術の？」

そう聞いてはいてもたってもいられない。食堂を飛び出し、稽古をしているという中庭へ向かった。

――カーン、カーン。

甲高い剣と剣が交わる音が聞こえだす。すると視線の先には、五人の兵に囲まれたシャルヴェさまが視線を尖らせ剣を構えている。

「バスチュー、なにをしているの？　シャルヴェさまが……」

その様子をただじっと見ているバスチューに詰め寄ると「ご安心ください。あの剣には刃がついておりません」と言われ、ホッとする。

「でも、あんなに大勢と……」

「シャルヴェさまにとっては大勢ではありません。しばしご覧になってください」

バスチューがそう言った瞬間、シャルヴェさまの背後から兵が襲いかかった。

「あっ……」

私は思わず声を上げ目をそむけてしまったが、バスチューは微動だにしない。

そしてもう一度視線を戻すと、肝心のシャルヴェさまはその剣をサッとよけ、剣を持っていないほうの手で兵に一撃を与える。それだけでなく次々と襲いかかってきた兵を剣と手足を使い、みるみるうちに倒していく。

「次」

五人倒したと思ったら、また五人。

時には剣を振り、時には巧みに避け、時には宙を舞い……。自由自在に自分の体を操るシャルヴェさまに見惚れてしまう。

途中でエドガーも参戦したものの、剣を振り下ろす前にあっけなく足をすくわれ倒されてしまった。

そして次の五人も、見事な身のこなしと剣さばきであっという間に片付けてしまう。

「すごい……」

「シャルヴェさまは幼少のころから、こうした稽古を欠かしません。その努力の証が、あの身のこなしです」

たしか以前、敵兵十人二十人に囲まれてもひとりで片付けてしまうと聞いた。あれは誇張した話だとばかり思ったけれど、あながちそうでもないかもしれない。

「シャルヴェさま、お疲れさまでした」

稽古が済むと、バスチューはシャルヴェさまから剣を受け取る。

「エドガー。お前は動きが大きすぎる。隙だらけだぞ」

「はい。精進いたします。ありがとうございました」

エドガーはシャルヴェさまに指導を受けてうれしそうだ。

「なんだ。リリアーヌまで来ていたのか？」

バスチューに渡された布で額の汗を拭ったシャルヴェさまは、少し下がったところから見ていた私にも気づいてくれた。

「はい。お見事でした」

「いや、お前には敵わないぞ」

そう言われ、恥ずかしさに頬が真っ赤に染まる。じゃじゃ馬だと遠回しに言われてしまった。

「リリアーヌ。首の傷はどうだ？」

彼は私の首に巻かれた包帯を見て、苦しげな顔をする。

「はい。もう痛みもありません」

「それなら食事もできるな。俺の部屋に来るか？」

「よろしいのですか！」

突然のお誘いに舞い上がった私は、一瞬、息をするのも忘れてしまった。

「コールたちと食べるのならいいが」

「いえ、まいります！」

私たちのやり取りを見ていたバスチューは、うれしそうに微笑んでいる。

コールに頼んで彼の部屋に食事を運んでもらうと、ふたりきりになり緊張してしまう。

「このパンは、お前が焼いたのか？」

「はい。ガエルとコールと一緒に」

「それではいただこう」

今朝は白パンに桜桃で作ったジャムをつけて。そして、たくさんの香辛料を加えて作られたソーセージ。濃厚なチーズに、いんげん豆のスープが並ぶ。

「うん。なかなか柔らかく焼き上がっている」

「ありがとうございます」

彼に褒められると、こんなにもうれしい。

「シャルヴェさま」

「なんだ？」

「私、剣を否定ばかりして、申し訳ありませんでした」

そう言うと、彼は食べる手を止めじっと私を見つめる。

「突然、どうした？」

「はい。シャルヴェさまの剣はユノヘスを守ってきたんですよね。私、戦で父を亡くした孤児と関わってきたこともあり、剣は人を斬る憎きものと思っておりました」

でも、ひたすら剣術を磨く彼の姿を見て、〝守るもの〟でもあることに気がついた。

「いや、リリアーヌの言うとおりだ。あんなもの、振り下ろさなくて済むのならそのほうがいい」

それを聞き、ハッとした。『これからも、斬るだろう』と言った彼だけれど、心から望んでそうしているわけではないのだ。

「昨日、お前の首に傷をつけたのは、イヤールドの者だとわかった」

「それは……」

サノワの領土を狙って戦いを仕掛けてくる、あの国だ。

「お前がここに来る時襲ったのも、イヤールドの兵だ」

あのひげ男たちのことだ。

「イヤールドをこのままにはできない」

シャルヴェさまの強い言葉に息を呑む。

それは、戦が始まるという宣言に聞こえた。

「シャルヴェさま。あの……」

「お前の嫌いな血が流れる。だが、このままにしておけば、また別の手でなにかを仕掛けてくるだろう。その時、我が国の誰かが傷つかないとは言い切れない」

彼は苦しげな表情をする。

でも、そのとおりだ。

「それがもしリリアーヌであれば、イヤールドを草の根一本に至るまで、燃やし尽くすだろう」

彼は眉根を寄せながら、私の首に触れる。

「もう、お前が傷つくのを見たくない」

「シャルヴェさま……」

突然やって来たただのじゃじゃ馬をこんなに心配してくれるなんて。

私は目頭が熱くなるのを感じた。

「避けられない戦いもある。そのたびに、お前の心は血だらけになる」

彼は私の首に触れた手をそのまま滑らせ、今度は頬を包み込む。

「リリアーヌにそんな覚悟をさせたくはない。やはり、サノワに帰れ」

彼にそう言われた瞬間、私の心の中のなにかが音を立てて大きく動いた。

突然の別離

襲われたあの日から、あっという間に三日が過ぎた。

私の気持ちは、もう固まっていた。

ここに残り、シャルヴェさまを支える。もし愛されなかったとしても、彼のそばにいたい。心に深い傷を負いながらユノヘスを守るという大役に奮闘する彼を、もっと知りたい。そして、癒やしてあげたい。

それなのに……。

「リリアーヌさま。王太子さまがお呼びです」

「えっ？　はい」

ヤニックが呼びに来て驚いた。三日目の夜、王太子妃となる覚悟が決まったら部屋に来いと言われていた。でも、まだ昼間だ。

あれから、王宮の門が開いている時間は、廊下を歩く時ですらヤニックかバスチュー、もしくはエドガーと一緒でなければならなくなった。とても不自由だ。

「ヤニック、なんの話か聞いている？」

「いえ。私はリリアーヌさまをお連れするようにと言われただけです」

「そう」

シャルヴェさまの部屋の前まで行き、護衛の兵に頭を下げてから大きなドアをノックする。

「リリアーヌです」

「入れ」

そこでヤニックと別れ、ひとりで中に入った。

「シャルヴェさま、あの……」

窓の外を眺めていた彼は、振り返り私を見つめる。

「昼食はまだだと聞いたが」

「はい」

テーブルには食事が用意されている。

「ここで一緒に」

「よろしいんですか？」

「あぁ」

もう一度、そんな機会を与えられたことに心躍《おど》る。

あまり人を寄せ付けたがらないと聞いていた彼が、少しずつ心を開いてくれているようでうれしかった。

私も手伝ったパンは酵母にも使っている干し葡萄入り。かぼちゃのスープは滑らかで、鶏肉はシンプルに塩で味付けされていた。

「俺は、民がこの食事を食べられるよう国を守らなければならない」

「はい」

パンに手をつけた彼が突然そう言いだすので、妙な胸騒ぎがする。

「今日、兵を集め、イヤールドに向かう」

私は言葉を失った。彼は戦争が始まると言っているのだ。

「シャルヴェさま……あの……」

激しく動揺してしまい、言葉が続かない。

彼はそんな私に優しい眼差しを向ける。

「リリアーヌがサノワのために覚悟をしてここに来たことはよくわかっている。サノワを思うお前の気持ちはよくわかった。できる限り戦いが起こらないよう、ユノヘスが力を貸そう。だが、もういい。お前は国に帰り、平穏な生活を取り戻せ」

その言葉に愕然とした。

彼が私をサノワに帰そうとするのは、彼の優しさの証だとわかっている。だからこそ、ここで生涯をまっとうする覚悟を決めたというのに。

「シャルヴェさま、私は……」

「足の傷のことは本当に申し訳ない。ここで不自由のない生活を保証できればとも考えた。しかし、お前はカゴの中の鳥になる女じゃない」

彼は少し口角を上げ微笑む。

「ですが……」

「リリアーヌ。お前はサノワに帰り、子供たちを正しく育てろ。それが俺の願いだ。戦いの間の混乱に紛れてヤニックと一緒に帰るんだ。その間なら、イヤールドもお前に注意を払うほどの余力はないはずだ。もちろん護衛はつける」

私の言葉を遮った彼は、再びパンを口にする。

「このパンを食べられなくなるのは少し残念だ」

私は泣きそうだった。彼の心の支えとなり生きていく覚悟をしたばかりなのに、あっさりと断られてしまった。

「どうした。食べないのか？」

「……いえ」

彼に促されパンを手に取ったものの、放心していた。

戦に出た彼がユノヘスに無事に帰ってくるという保証はどこにもない。

もしそばにいることが叶わなくても、彼には生きていてほしい。

「シャルヴェさまは怖くはないのですか？」

「怖い？」

「はい。戦ではシャルヴェさまの首を狙うものばかりです。いくら剣術に優れているとはいえ……」

『死んでしまう可能性だって』という言葉を呑み込む。そんなことは考えたくない。

「心配してくれるのか？」

「当たり前です」

だって私は、あなたのことが……。

「お前に出会えてよかったよ」

彼は今まで見た中で一番穏やかな顔を向けてくれる。とてもこれから戦に向かう人だとは思えないような。

「シャルヴェさま……」

「安心しろ。俺は死なない。世継ぎもいない今、死ぬわけにはいかない」

『世継ぎ』という言葉に胸がチクンと痛む。

彼の背中の傷痕を見て去っていく妃候補ばかりでは、それが叶う日が来るかどうかすらわからない。

でも私は、あなたとなら……。

国に帰るように諭《さと》されたばかりの私は、胸の内を口にすることができなかった。

いくら彼に寄り添いながら生きていきたいと思っても、所詮それは私の一方的な希望。

たとえ私の心が彼に向いていたとしても、それは——ひとりよがりというもの。

『出会えてよかった』という最大の褒め言葉を胸に、もうここを去るしか、ない。

シャルヴェさまとの最後の食事は、味もよくわからなかった。

もうこれで会うこともないという落胆と、戦に向かう彼の心配で胸がいっぱいだった。

「リリアーヌ」

「はい」

「そんなに苦しそうな顔はするな」

彼は大きな手を伸ばしてきて、私の髪に優しく触れる。ことあるごとに彼にこうして髪を撫でてもらっていたのに、もうこれもなくなってしまう。

私は必死に笑顔を作った。戦に向かう彼に余計な心配をかけてはいけない。

「すみません。ここでの生活が楽しくて、それが終わってしまうのが少し寂しかったのです」

正確には違う。彼との別れが寂しいのだ。

「そうか。お前にはケガをさせてばかりで申し訳ないことをした。サノワの王にも改めてきちんと謝罪の使者を送るつもりだ」

私は首を振った。

そんな必要はない。たしかに傷は残ったけれど、助けてくれたのは紛《まぎ》れもなくシャルヴェさまだ。

「これで、お別れだ」

食事が済み立ち上がった彼は、はっきりとそう告げた。

「シャルヴェさま……」

私は泣きそうになるのを必死にこらえた。ここで涙を流すことを彼は望んではいない。彼は私が元気にサノワに旅立つことを望んでいる。

「どうか、ご無事で」

しかし、声が震えてしまった。

彼はそれに気づいたものの、小さくうなずいただけだった。

ヤニックに付き添われて部屋に戻り、呆然とベッドに腰掛けた。

ヤニックは落ち込む私に気がつき、心配げに声をかけてくれる。

「リリアーヌさま？」

「ヤニック、少しひとりにして」

「かしこまりました」

本当ならすぐにでも旅立つ準備をしなくてはならない。でも、到底そんな気にはなれなかった。

ヤニックが部屋を出ていくと、途端に瞳が潤む。

今ごろシャルヴェさまは戦に向けて準備をしているだろう。あと何時間かすれば、もう永遠に手の届かない人になってしまう。

「シャルヴェさま……」

彼の名を口にした途端、堰《せき》を切ったように流れ出した涙は、とどまることを知らない。

「生きていて……」

胸が苦しくて、張り裂けそうだった。

「リリアーヌさま」

それからどれくらい経ったのだろう。ベッドに突っ伏してひたすら涙を流していると、バスチューの声がした。

「はい」

私は慌てて涙を拭い、返事をする。

「失礼します」

すぐに入ってきたバスチューは、私が泣いていたことに気づいたようだ。少し顔をしかめたけれど、それにはなにも触れることなく口を開く。

「ご帰国の護衛には私もお供いたします。今度は人数も増やし、リリアーヌさまには誰も近づけません」

それを聞いて愕然とした。

ユノヘスに来てわかったのは、バスチューはシャルヴェさまの片腕のような存在だということ。

シャルヴェさまはバスチューを通じてすべて指令を下していたし、あの時剣先を向けたとはいえ、絶対的な信頼を置いているのだ。

それに、サノワに彼をよこしたもの、その信頼故だったことも理解した。

「バスチューは、戦には行かないのですか？」

「はい。王太子さまは、命をかけてリリアーヌさまをお守りするようにと」

「そんな……」

片腕がいない状態で戦に挑むの？　それは、私のため？

「私は、リリアーヌさまと一緒にサノワ国に行き、生涯お仕えします」

「生涯？」

バスチューの言葉に耳を疑う。

「王太子さまの言いつけでございます。リリアーヌさまの夫となり、仕えるようにと」

「なんて……」

『言ったの？』という言葉すら出てこない。

バスチューが私の夫？　生涯仕える？

シャルヴェさまは、もしかして足の傷のことを気にしているのかもしれない。

自身も背中の傷のことで苦しんでいる彼は、私の将来を不憫《ふびん》に思いそう指示したのだろう。

でも、私にとっては身を切られるように苦しい気遣いだった。

それは――私の心が、完全にシャルヴェさまに向いているからだ。

「私は、シャルヴェさまがお兄さまを亡くされてから兄弟のように育ちました。実兄を亡くされ落ち込んでいたシャルヴェさまのために歳の近い私がお仕えすることになったのですが、本当の兄弟のように私を大切にしてくださいました。ですからシャルヴェさまだけを信じ、ついてまいりました」

涙がこぼれそうになるのを必死に我慢していると、バスチューが続ける。

「シャルヴェさまが命を差し出せとおっしゃるならばそうします。ですが……リリアーヌさまの夫には、やはりなれません」

バスチューは顔をしかめて小さく首を振る。

どういうこと？

それから彼は、私のそばまでやってきて膝をつき、顔を覗き込む。

「私は、そんなに困った顔をされるリリアーヌさまのそばにはいられません」

困った顔？

そんなつもりは少しもなかったものの、違うとは言えなかった。私が結ばれたいのはバスチューではないからだ。

「シャルヴェさまがこれほどまでに寵愛《ちょうあい》されるお方を、自分のものになどできるはずがない」

寵愛って？

驚き、呆然とバスチューを見つめると、彼は硬い表情を解いた。

「リリアーヌさまは、シャルヴェさまがお嫌いですか？」

彼の言葉にとっさに首を振る。嫌いどころか……。

「シャルヴェさまは、できるだけ人を斬らないとおっしゃっていました」

「えっ……」

そんなことをしたらシャルヴェさまが危険なのでは？

「それが、リリアーヌさまにできる最後の……愛情の印なのではないでしょうか」

「シャルヴェさまが、本当に私を？」

私に愛という感情を持ってくれているの？

バスチューは大きくうなずいた。

「リリアーヌさまの首が傷つけられた時、シャルヴェさまは激しくお怒りになられました。あの場にリリアーヌさまがいらっしゃらなければ、男を何度も切り刻んだだろうと声を震わせていらっしゃいました」

私のためにそこまで怒ってくれたの？

愕然として息がまともに吸えない。

部屋にこもり限られた人としか行動を共にしないシャルヴェさまが、信頼し、胸の内を吐き出していたのがバスチューだったのかもしれない。

それなのに、そんな人にまで剣先を向けたなんて、最初から私は大切に思われていたのだ。

「そして、リリアーヌさまが傷つくくらいなら自分の命などいらないと」

「そんな……」

「それは、お母さまとお兄さまを亡くされたシャルヴェさまの心の叫びのように感じました。大切な人を失う辛さをもう二度と味わいたくないというお気持ちが、痛いほど伝わってきました」

バスチューはシャルヴェさまの気持ちをおもんばかっているのか、顔を伏せ唇を噛みしめている。

そして私も無意識に胸を押さえていた。痛くて苦しくて、たまらない。

「シャルヴェさまは？」

いても立ってもいられず、大きな声を上げてしまった。

「たった今、出発なさいました」

「もう?」

諦めきれない私は、とっさに部屋を出ようとドアに走った。しかし、バスチューに腕を掴まれ止められてしまった。

「お待ちください。どちらに?」

「シャルヴェさまおひとりで行かせるなんて……」

思わず漏らすと、バスチューの手に力が込もる。

「それではこの手を振りほどけますか?」

「えっ?」

「リリアーヌさまが一緒に行かれても、できることなどありません」

バスチューは語気を強めながら、私をじっと見つめている。

そんなことはわかっている。でも、シャルヴェさまのそばに行きたい。

必死にバスチューの手を振り払ったものの、ビクともしない。

それもそうだ。彼もエドガーと同じようにシャルヴェさまに剣術の指導を受け、体を鍛えているはずだ。

いくら私がじゃじゃ馬でも、幼少のころからそうした教育をされてきた男の力には敵うはずもない。

「シャルヴェさまがどうして私を置いていかれたか、おわかりですか？」

バスチューが声のトーンを落として言うので、首を小さく振った。

「リリアーヌさまがこうして無謀なことをされるからです。リリアーヌさまが傷つくのが、一番お辛いんです。ですから生涯そばにいろと」

「でも……」

やっと手の力を緩めた彼は、苦しげな顔をして続ける。

「もしリリアーヌさまが斬られそうになったら、シャルヴェさまはどうされると思われますか？」

「それは……」

「恐らく、ご自分の身を顧みず、リリアーヌさまを救おうとなさるでしょうね」

彼にそう言われて、あの男に捕まった時シャルヴェさまが剣を捨てたことを思い出した。

「リリアーヌさまは、その辺りの兵よりずっと身のこなしも軽やかで、私も驚きました。ですが、シャルヴェさまは我が国の大切なお人。私が命より大切に思う方。シャルヴェさまの邪魔になるのに、行かせるわけにはまいりません」

彼の言葉は胸に突き刺さった。実に的を射ていて、冷たいようで、それでいて温かい。シャルヴェさまのことを信頼し、心から尊敬しているという人の言葉だった。

「ごめんなさい」

実際の戦闘に加わったことがない自分が役に立たないことなどわかっていた。でも体が勝手に動いていた。

「リリアーヌさま。サノワにお帰りになられますか？」

バスチューはまるで返事はわかっているかのように、優しい声で尋ねる。

「いえ。私は、シャルヴェさまの妃となります。それが許されなかったとしても、生涯ユノヘスの民として過ごすつもりです」

「本当に……シャルヴェさまがおっしゃっていたとおり、頑固な方だ。妃となることが許されないわけがないでしょう？」

彼が「フッ」と笑みを漏らすので、張りつめていた空気が少し緩んだ。

「必ず無事にお帰りになります。私はそれまでリリアーヌさまの命を預かりました。シャルヴェさまにとってなにより大切なお命を。全力でお守りします」

バスチューはまるでシャルヴェさまにするように、私に丁寧に頭を下げる。

「ありがとう」

彼が部屋を出ていったあと、窓を開け遠くを見つめた。もう既にシャルヴェさまの率いた軍はどこにも見えない。

「お願い。無事でいて……」

そう口にすると、涙が止まらなくなり泣き崩れてしまった。

そのまま日が沈むまで、ただひたすらに愛する人の無事を祈りながら遠くを眺めていた。そして、これほどまでに自分の心がシャルヴェさまに向いていることを思い知った。

「リリアーヌさま、そろそろ中にお入りください」

私の様子を見に来てくれたコールが、心配して部屋の中に促してくれる。

私にはなにもできないの？　こうして泣いているだけなの？

シャルヴェさまのように国を導くなんてことはできない。でも、彼の妃となると決めたのなら、それ相応の役割があるはずだ。

私は涙を拭き顔を上げた。

「コール。ヤニックを呼んで」

「……はい」

コールは不思議そうに私を見つめ、ヤニックを呼ぶために部屋を出ていく。

「リリアーヌさま」

「入って」

すぐにヤニックはやって来た。

「ヤニック。お願いがあるの」

「はい。なんでもおっしゃってください」

私の前で膝をつき首を垂れるヤニックを立たせ、笑顔を作る。

「なんの関わりもない私にここまでついてきてくれて、ありがとう」

「突然なにをおっしゃるんです？」

私が深く頭を下げたからか、ヤニックは慌てた様子だ。

「ヤニック。あなたはサノワに帰って」

「リリアーヌさまはどうされるのです？」

「私は……やはり、生涯をシャルヴェさまに捧げます」

そう口にすると、ヤニックは目を丸くして言葉を失くした。それでも次の瞬間には微笑み、再び口を開く。

「リリアーヌさまは、お幸せになられるのですね」

「はい。幸せに、なります」

ヤニックは、私が本気でシャルヴェさまを愛しているのだと気づいたのだろう。

シャルヴェさまと一緒でなければ、幸せにはなれない。

「ただ、サノワに残してきた人が心配です。母だけでなく、孤児たちも」

そういうことも含めて、すべてを吹っ切ってここに来たつもりだった。でも……パンを盗んだあの男の子を目の当たりにし、シャルヴェさまの母や兄が放火で亡くなったことを知った今、心がざわついて落ち着かない。

「リリアーヌさま。私はおそばにいられて幸せでした。リリアーヌさまからたくさんのことを学びました」

「私から？」

ヤニックは大きくうなずく。

「私たちは戦い、そして勝つことだけが正しいと信じてきました。でもいくら勝っても……このユノへスのような大国であっても、その勝利の裏では苦しむ民がいて、憎しみが生まれていることも知りました」

ヤニックの言葉に私はうなずいた。

彼は今まで戦の最前線にいたような人だと聞いている。なにも考えず敵と見れば斬る。勝つことこそ正義だったはずだ。

「ヤニックが必死に戦ってくれたおかげで、今のサノワがあります。でも理想は……」

「わかっております。私はサノワに帰り、シャルヴェさまがされているように孤児への物資補給をいたします。そして、リリアーヌさまの意志を継ぎ、子供たちの心を育てる努力をします」

ヤニックの力強い言葉に、涙がこぼれる。

彼はここに来てから、ユノヘスの政治についてバスチューたちから学んでいた。その中で、シャルヴェさまが孤児たちへの配慮を積極的に行っていることも知り、サノワもそうするべきだと強く思うようになったのだ。

バスチューからそのことを聞いた時、驚いた。しかし、ただ私の護衛のためにだけやって来たヤニックが、国の未来を考えるようになり同じ志を持つ仲間となってくれたのは、うれしい誤算だった。

「私などのために涙をこぼしてはいけません。次は……王太子さまがお戻りになった時の喜びに涙してください」

「ヤニック、ありがとう」

「サノワの皆に伝えます。リリアーヌさまはご立派な王太子妃になられると。それでは」

ヤニックは私に頭を下げたあと、にっこりと微笑んでから部屋を出ていく。

彼とはこれでお別れだ。それでも寂しくなかった。同じ空を見上げながら、同じ志を持ち……心はひとつにつながっている。

「バスチュー、いる？」

それから私は廊下に出てバスチューを呼んだ。すると彼は隣の部屋からすぐに出てくる。

こうしてそばで支えてくれる人がいる。私はそれだけで強くなれた。

「はい。なにか？」

「なにもせず待っているだけでは時間がもったいない。恐らくケガをする兵が多く出るでしょう。今のうちに薬草を集めて。そして、街の医者に軍が帰還したらすぐに王宮に来るように声をかけておいてください」

バスチューは私の突然の指示に驚いたのか、呆然としている。

「王宮に、ですか？」

「はい。大広間を治療のために開放します。ひとりでも多くの命を救います。そのために連携してください」

「なるほど。かしこまりました。では私はご指示に従いますので、リリアーヌさまの護衛には別の兵をつかせます」

私の指示に賛成してくれたバスチューは、すぐに走り去った。

このようなことはしたことがないのだろう。シャルヴェさまの母と兄が亡くなるという不幸な事件があってから、王宮は閉ざされてきた。

でも、今はそんなことを言ってはいられない。医者にも技量の差はある。別の医者が診れば助かるということもあるかもしれない。

ひとりでも多くの命を救うために、負傷者をひとところに集めたほうが効率もいいはずだ。

「コール」

そして私は、次にコールを呼んだ。

「はい。ここに」

すぐに飛んできたコールは、私の顔を見てホッとしたような笑みを見せる。

私が塞いでいたので心配してくれていたに違いない。

「これからパンを大量に作ります。それと、兵が帰ってきた時に十分に食事がいきわたるように、野菜や肉を確保しておきたいの」

そう言うと、コールは口を開け驚いている。でも、すぐさまうなずいてくれた。

「それでしたら、街の長老に頼みにまいります。パンはガエルに……」

「私がガエルに伝えます。チーズも作らなくちゃね。あとはなにがいいかしら。お願い、力を貸して」

「リリアーヌさま……。もちろんでございます」

彼女はうっすらと涙を浮かべている。私が生涯をシャルヴェさまに捧げ、ユノヘスに骨を埋めようとしていることに気づいたのかもしれない。

もう部屋でじっとしているつもりはない。

とはいえ、自分が街に行くことはリスクのあることで、シャルヴェさまが望まないことも理解している。だから、バスチューやコールに頼るしかない。

今、王宮は限られた人間しか出入りできない厳重な警備態勢がとられている。それなら私は、王宮の中でできることをしよう。

「ガエル。お願い、手伝ってほしいの」

私はすぐに調理場に走った。

シャルヴェの帰還

「リリアーヌさま、少しお休みください」

　これで何度目だろう。ガエルが盛んにそう言ってくれる。

　二日間、寝る時間も惜しんで働き通しだったから仕方がないとはいえ、それは他の従者たちも同じ。私の意見に賛同してくれた皆は、必死に食料の下ごしらえと大広間の準備をしてくれた。

　私もさすがに疲れていた。しかし、シャルヴェさまは、今この瞬間も戦っている。

「大丈夫。兵は寝ていないわ」

「それはそうですが……」

　パン作りの他にも、コールが集めてきた野菜を日持ちがするように塩漬けにしたり、肉をいぶしたりもした。

「リリアーヌさま。医者の手配は終わりました。薬草は今、集めさせています」

「ありがとう、バスチュー」

　誰もが皆、ここにやってきて間もない私の指示に耳を傾け、そのとおりにしてくれた。私と同じようにシャルヴェさまがユノヘスを守ると信じているのだ。

バスチューは王宮の北の塔に何度も上り、軍が帰還しないか見ていた。

そして、シャルヴェさまが王宮を出てから六日目の朝――。

「リリアーヌさま！」

部屋で仮眠をとっていた私の元に、バスチューが慌ただしく走り込んで来た。

「どうしたの？」

「兵がひとり、こちらに向かっているのが見えます」

「兵が？」

私はドレスの裾をたくし上げ、バスチューと共に王宮の門まで走った。するとすぐに息を切らせた兵が走り込んで来たので、息を呑む。

まさか、シャルヴェさまになにかあったの？

「伝達のためにまいりました。報告いたします」

バスチューの前に跪いた兵は、息を整えながら口を開く。

「シャルヴェ王太子さまが、イヤールド国国王の首をおとりになられました」

「本当か？」

バスチューが声を上げると、兵は大きくうなずく。

「大変見事な剣さばきだったとお聞きしました。国王以外の側近は傷つけることなく捕えたようです」

それを聞いてヘナヘナと座り込んでしまった。

シャルヴェさまは、私の気持ちを最大限に汲んでくださったんだわ……。

「リリアーヌさま」

バスチューが慌てて私を支えてくれる。

しっかりしなくちゃ。

「大丈夫よ。それで王太子さまはご無事なのね」

「はい。先頭に立ち斬り込んでいかれましたので多少のケガはなさっているかもしれませんが、勝利宣言もなさいました。間もなく帰還されます」

そう言った兵士も、どうやらケガをしているらしい。目の前でガクンと崩れ落ちた。

「バスチュー、彼を中に運んで」

「はい」

私はこぼれてきた涙を拭い、バスチューに指示を出す。

これからが私の出番だ。泣いている暇はない。

「コール。水とパンを持ってきて」

「かしこまりました」

あらかじめ整えてある大広間に兵を運び、鎧を脱がせ、傷の有無を確認する。

「バスチュー、声をかけてある医者をすぐに集めて」

「はい」

もうすぐ軍が帰ってくる。大量のケガ人も予想される。万全の態勢で迎えなければ。

「何ヶ所か切り傷があるわ。薬草をつけるからちょっと我慢して」

「はい。ありがとうございます。あぁっ……」

左足の傷に薬草を塗り込むとしみたのか、兵は顔をしかめる。

「大丈夫?」

「はい。あの……あなたさまは?」

女が他の者を動かしているのが不思議だったのかもしれない。兵は首を傾げながら尋ねてくる。

「私は、王太子さまの妃となる者です」

「王太子さまの!? 申し訳ありません!」

横たわっていた兵は突然起き上がり、慌てふためき頭を下げる。

「どうして謝るの? あなたはユノヘスのために戦ってくださったの。私が頭を下げなければ」

そう言うと、水を運んできたコールがにっこり微笑んでくれる。

「飲んで」

その水を差し出すと、兵は慌てふためく。

「このようなことをなさらないでください」

「どうしてですか？　あなたはこの国の英雄なんですよ。ほら、どうぞ」

もう一度勧めたところ、兵は戸惑いながらもうれしそうに微笑み、水を飲みほしてくれた。


それから半日ほど経ったころ――。

「戻って来たぞ！」

王宮の警備をしていた兵の大きな声が耳に届いた。

既に大広間には医者もそろい、負傷した兵を迎える準備が整っている。

やっと、シャルヴェさまに会える。

「リリアーヌさま、まいりましょう」

「はい」

バスチューに促され門まで行くと、目頭が熱くなり始める。

シャルヴェさまは私を見てなんと言うだろう。なぜサノワに帰らなかったんだとお怒りになるかもしれない。

それでも、ヤニックをひとりで帰したことを少しも後悔してはいない。

「来ました！」

門の見晴らし台から様子を見ていた兵が声を上げる。

それからすぐに王宮の前にある緩やかな坂道を、暴れ馬を見事に乗りこなし上がってくるシャルヴェさまの姿が確認できた。

「シャルヴェさま……」

その姿が視界に飛び込んできた瞬間、我慢していた涙がポロポロこぼれ出し慌てて拭う。

「シャルヴェさま、おかえりなさいませ」

やがて門近くまで来て馬を下りたシャルヴェさまからバスチューが馬を預かると、シャルヴェさまは跪いて迎えた私に気づいて目を丸くする。

「リリアーヌ、お前……」

「おかえりなさいませ。ご無事で……」

必死に絞り出した声は、震えてしまった。

彼が無事に帰ってきたという安堵で、拭っても拭っても涙が止まらない。

「シャルヴェさま、お疲れさまでした。見事な勝利を収められたと聞きました。おめでとうございます」

バスチューが声をかけても、シャルヴェさまの視線は私に向いたまま動かない。

「すぐにお部屋に飲み物と食事のご用意をいたしますので休まれてください。それと、リリアーヌさまの申し付けで、大広間にケガをした兵を集め治療いたしますが、よろしいですか？」

バスチューが許しを請うと、シャルヴェさまは驚愕の表情を浮かべる。

「リリアーヌの？」

「はい。リリアーヌさまは、王太子妃としてご立派に立ち回られていらっしゃいましたよ」

バスチューは、はっきり『王太子妃』と口にした。もしかしたら私の背中を押してくれているのかもしれない。

「もちろんだ。十分に治療を施してやってくれ」

「はい。あとは私が。シャルヴェさまはお部屋に」

バスチューはシャルヴェさまを促し、うしろから続々とやってくる兵に目を向ける。

「頼んだ。リリアーヌ、行くぞ」

シャルヴェさまは私を拒否しなかった。しっかりと私の目を見つめ、手を差し出してくれた。

私はそれがうれしくて、その手を握ろうとしたけれど……彼はすぐに引っ込めてしまった。

「すまない」

掌に血の跡が残っていたからだ。

「あっ……」

しかし張りつめた緊張から解放されたからか、立ち上がった瞬間力なくよろけてしまうと、彼はすぐに手を伸ばし抱きとめてくれた。

「シャルヴェさま……」

彼はポロポロ涙をこぼす私を見て眉根を寄せる。

「すまない。汚れた手だ」

「いえ……。シャルヴェ、さま……」

私を離さないで。もう二度と置いていかないで――。

私は離れようとする彼の首のうしろに手を回し、ギュッと抱きついた。王太子として君臨する彼に対して、大勢の兵の前でこんな行為は失礼だったかもしれない。でも、もう止められなかった。

彼はその心配をよそに、私を軽々と抱き上げ歩き始める。

「じゃじゃ馬は、帰らなかったんだな」

「はい。じゃじゃ馬でもシャルヴェさまのそばに置いていただけるでしょうか？」

優しい笑みを漏らした彼は、それから部屋に着くまでなにも話さなかった。

もう一度彼の部屋を訪れるとは思っていなかった。前回はもう二度と彼に会えないと思いながら、虚《むな》しさいっぱいでこの部屋を去ったのだから。

私をベッドに座らせたシャルヴェさまは、重い鎧を脱ぐ。

「シャルヴェさま、おケガは？」

「あぁ、少し切り傷があるくらいだ」

ボロボロになった上半身の衣服を脱ぎ捨てた彼の体には、無数の新しい傷がある。濡らした布で体を拭いたけれど、そこには新たな血が滲んでいく。

「少しではありません。すぐに治療をしなければ。薬草を持ってまいります」

私は部屋を出ようとした。

「行くな」

すると、彼の大きな手が私の腕を引きとめる。

「どうしてですか？　治療しなければ」

「こんな傷、すぐに治る。それより……お前にここにいてほしい」

その瞬間、私は彼の腕の中にいた。

戦で疲れているはずなのに、彼の腕の力は強く、そしてその胸は温かかった。

湯殿で抱き寄せられた時のように、素肌に頬をつけてシャルヴェさまにしがみつくと、ひどく安心する。

愛しい人は、生きていてくれた。

「どうして、サノワに帰らなかったんだ」

彼は私の髪に手を入れながら、低い声で尋ねる。

「じゃじゃ馬は、諦めが悪いんです」

「そうか。それは初めて知ったな」

クスリと笑う彼の声色が明るくなった。

「シャルヴェさまと、離れたくないんです」

そう口にした途端、背中に回った彼の手に力が込もる。

「俺はイヤールドの国王の首を切った」

「聞きました」

「この手は、汚れているんだ」

彼は戸惑うように言う。

「でも、そのおかげでたくさんの民の命が助かりました」

「お前ってヤツは……」

彼が手の力を緩め私の額に額を合わせるので、たちまち頬が赤らむのを感じる。できるなら血なんて見たくない。しかし、どうにもならないことがあるのだと、ここに来て知った。

「俺の体は傷だらけだぞ」

「私も傷だらけです」

私の言葉に、彼は少し離れて「ハハハ」と声を上げて笑う。

「もうひとつ重要なことを忘れていた。俺は欲深い。一度捕まえた女は決して離さないぞ」

シャルヴェさまは、私の目をまっすぐに見つめる。

「離さないで、ください」

「いいんだな?」

「……はい」

再び抱き寄せられると、耳に伝わる彼の鼓動がドクドクと速い。

それに呼応するように私の鼓動もこれまでにないほどに激しく、そして速く打ち続けていた。

「お前に別れを告げた時、どれだけ苦しかったか」

「シャルヴェさま……」

「あんなに辛かったのは初めてだった。今までどれだけ背中の傷を見た女が逃げ出していっても、世継ぎを作れないことに落胆はしたが、辛くはなかったのにな」

彼は小さなため息をついた。

それを聞いた私は、彼からそっと離れて背中に回りあの傷に触れる。

「もう、痛くはないのですか?」

「あぁ。大丈夫だ」

彼がそう言った瞬間、私はその傷に頬ずりをした。

この傷は、彼が生きている証。それならば愛おしい。

「リリアーヌ？」

彼は驚いた様子で振り返り、不思議そうに私を見つめる。

「シャルヴェさまに傷があってよかった。そうでなければ、もう別の妃がいたかもしれないんですもの」

「お前は本当に変わった姫だ」

彼は苦笑いしながら、私の手を取り、真剣な眼差しを向ける。

「今後、お前以外の妃を娶《めと》るつもりはない」

「ですが……」

「じゃじゃ馬で手いっぱいなんだ。お前にだけ愛情を注ぎたい」

彼は目尻を下げ、優しく微笑む。

その言葉を聞き、じわじわと涙が溢れてくるのを止められなくなってしまった。

「私、だけに？」

「なんだ、不服か？」

「そんなわけ、ありません」

私はうれしくて、泣きながら笑った。

「湯を浴びたい。お前を存分に抱きしめたいからな」

彼にそんなことを言われると、照れくさくて顔を上げられない。

「それでは、ご用意を」

「お前が俺の背中を流せ」

準備のために離れようとすると、彼に腕を掴まれてしまう。

「えっ？　……そ、そんなこと、無理です！」

突然の要求に首をブンブン振って拒否したけれど、彼はニヤリと笑うだけだ。

「お前は俺の妃になるんだろう？」

「そ、そうですけど……。それはちょっと……」

こうしてシャルヴェさまの素肌に触れているだけでも心臓が破れそうなほど暴れているのに、自分も裸になって背中を流すなんて到底無理だ。

「はー、仕方ない。服を着たままでも許してやる。今日は、な」

彼は妥協してくれたものの、『今日は』を強調して不敵な笑みを浮かべる。

『今日』だけ？

「えっ……あっ……。ちょっと待っ……！」

あっという間に抱き上げられた私は、そのまま湯殿へと連れていかれた。

そして、すべてを脱ぎ捨てた彼から必死で目を逸らし、ドレスの裾を水浸しにして一緒に湯殿に入る。

「ほら」

「ほら、と言われましても……」

シャルヴェさまの方を向くことすらできない。

「まずは湯をかけろ。新しい傷は少し痛む。優しくな」

彼は私に背を向け座ったが、やはりこんなの恥ずかしい。彼の下半身には布が巻かれているとはいえ、立ちすくんだまま近づくことすらできない。

「じゃじゃ馬は、こんなことくらいできるだろう？」

「それとこれとは……」

無鉄砲に剣の前に立つことはできても、男の人の背中を流すなんてしたことがない。

「こうしてもらうのが俺の夢だったんだ」

「夢？」

「この傷を愛おしいと言ってくれる女に、やっと出会えた」

シャルヴェさまは私の方を振り返り、柔らかな表情を浮かべる。

そんなのずるい。そんなことを言われたら……引き下がれないじゃない。

私は一度大きく深呼吸をしてから近づき、顔をそむけながら彼の背に湯をかけ始めた。

「どこにかけている。ずれているじゃないか」

「……はい」

クスクスおかしそうに笑う彼は、ちょっとイジワルだ。少しくらい自分で動いてくれてもいいのに。

でも、このままでは永遠に終わらないと思った私は、意を決して彼の背中を見つめた。

さっきあの傷に頬をうずめた時は恥ずかしくなどなかったのに、彼が薄い布一枚をかけているだけで一糸纏《いっし》わぬ姿だと意識した瞬間から、緊張をコントロールできなくなった。

それから数回湯をかけると、「気持ちいいぞ」と少し色気のある声で囁かれ、私の手は止まった。

「あの、もうよろしいですか？」

一刻も早くここから逃げ出したい。

「そんなに急ぐな。そのうち一緒に湯に浸《つ》かるんだからな」

「一緒に⁉」

驚きすぎて大きな声が湯殿に響き渡る。

彼に湯をかけるだけではなく、一緒に浸かるなんてありえない。

「お前は俺の妃だぞ？」

「そ、そんな話は聞いておりません」

アリアナもなにも言っていなかった。湯船に一緒に入るなんて聞いてない。

「まさか、男と女が結ばれ、なにをするのか知らないいんじゃないだろうな」

彼はニヤリと笑い、私に問いかける。

「し、知ってます！」

裸で一緒に寝るんでしょう？

私は恥ずかしさのあまり、顔をプイッとそむけた。

「やはり、教え甲斐がありそうだ」

「なんとおっしゃいまし……キャッ！」

思わず声が出てしまったのは、すっかり血の痕跡をキレイにした彼に腕を引かれ膝の上に座らされてしまったからだ。

「シ、シャルヴェさま、ドレスが濡れます！」

「もうさっきから濡れているだろう？」

苦し紛れに口にした言い訳を即座に否定されてしまい、もうなにも言えない。

熱い湯のせいかほんのり頬を上気させている彼が妙に色気を放っているので、恥ずかしさのあまり必死に逃げ出そうともがいた。

「暴れるな。暴れ馬より扱いにくい」

シャルヴェさまは盛大なため息をついている。

「そ、そんなことを言われましても……」

慌てふためき、首を激しく横に振る。

「お前は俺に守られていればいい」

彼にそう言われ、一瞬にして目頭が熱くなる。

これからずっと一緒にいられるのだと再確認して、胸がいっぱいだ。

「本当、ですか？」

シャルヴェさまの目を見つめて言えば、彼は口元を緩める。

「あぁ」

そして彼は大きくうなずいた。

「私を置いて死なないでください」

「約束、しよう」

彼が出陣してから、どれだけ苦しかったか。どれだけ、心配したか。

それでも自分にできることはと必死に考え、バスチューたちの手を借りて、留守を預かる者としての務めを果たしたつもりだ。

そもそも、そうした経験もなく教育も受けていない私には、それが正しかったかどうかすらわからない。とにかく必死だった。

じわじわと溢れてきた涙は、彼の大きな手にポロポロとこぼれていく。

「リリアーヌ。お前はもう立派なユノヘスの妃だ。傷ついた兵のことまで考えてくれて、ありがとう」

私は何度も首を横に振った。自分にできることなど小さすぎて、大国を守り支えてきたシャルヴェさまの偉大さを思い知った。

「すぐにお前を妃として迎える。ユノヘスの未来を一緒に築いてほしい」

彼は凛々しい顔をしてはっきりと口にした。

私をまっすぐに見つめる彼の琥珀色の瞳に吸い寄せられる。

「シャルヴェさま……」

私はうれしさのあまり震えた。彼と一緒にユノヘスを幸せに導けたら、こんなにうれしいことはない。

「今日はもういい。少し腹が減ったぞ。リリアーヌの焼いたパンはあるのか？」

「はい、たっぷりご用意してあります」

彼と一緒にいられるだけで、白い歯がこぼれてしまう。

「それでは、この濡れたドレスを着替えてこい」

「はい」

やっと解放された私は、小躍りするような気持ちで自分の部屋に向かった。

そしてすぐに着替え大広間を覗くと、王宮一大きな部屋から溢れそうなほどの数のケガをした兵が集まっていて、戦いの激しさを物語っていた。

「リリアーヌさま」

バスチューがすぐに私に気づいて声をかけてきた。

「シャルヴェさまは、大丈夫でしょうか？」

「大きなケガはなさっておりません。ですが、少し切り傷があるので薬草を分けていただけますか？」

医者に治療を受けている兵の元に歩み寄りつつ、そう口にした。

「もちろんです。医者をお部屋に行かせます」

「それには及びません。ここにはもっと重傷者がいます。その兵を優先してください」

「ですが……」

バスチューは少し戸惑っているようだ。それは恐らく、何事に関してでも王太子が最優先だと考えているからだろう。

「大丈夫。シャルヴェさまもそうおっしゃると思いますよ」

シャルヴェさまは、自分よりひどいケガをしている兵より先に治療を受けたいと思うような人ではない。

「そう、ですね……」

子供のころからの付き合いのバスチューも、彼の人柄をわかっているのだろう。すぐに納得してくれた。

「それでは、ここは私が。リリアーヌさまはシャルヴェさまをお願いします」

「はい」

私は薬草といくらかの食べ物を持ち、再びシャルヴェさまの部屋に向かった。

「シャルヴェさま。食べ物をお持ちしました」

私が顔を出すと、彼はベランダに出て外を眺めていた。

「ありがとう。リリアーヌ、頼みがある」

彼の顔が険しく感じるのは気のせいだろうか。

「なんでしょう?」

中庭を見つめる彼のところに歩み寄ると、なにを見ていたのかに気づいてハッとした。

「先に、彼らに食事をさせたい」

「承知しました」

彼の視線の先には、戦で命を失った兵が何人も横たわっていた。

私はシャルヴェさまのために用意した食べ物と、傷の治療のためにと大広間から持ってきた真新しい布を持ち外に出た。もちろん、彼も一緒にだ。

「リリアーヌ、そんなことはしなくていい」

彼が声を上げたのは、私がその布で横たわる兵士の顔についた血を拭き始めたからだ。

「いいえ。彼らはユノヘスの英雄です。ご家族には英雄としてお返ししなければ」

「リリアーヌ……」

すると、シャルヴェさままで遺体を清め始めるので、慌ててしまう。

「シャルヴェさま、私がいたします。お部屋でお休みください」

「いや。お前の言うとおり、彼らはユノヘスの英雄だ。丁寧に弔おう」

皆、疲れていた。戦に出た男たちはもちろん、王宮で兵を迎えるための準備をしていた者も。

それでもこれは最も重要な儀式だと思った。

「王太子さま、なにをなさっているのです？　そのようなことは私たちが……」

私たちの様子を見て慌てて駆け寄ってきたのは、医者の治療を待つ軽傷の兵士たちだった。

「お前たちもよく頑張ってくれた。疲れただろう？」

「王太子さま……」

シャルヴェさまが声をかけると、兵士たちは驚き、がたがたと震えだす。泣いているのだ。それも無理はない。雲の上の存在だった王太子に、そんな優しい言葉をかけられたのだから。

「お前たちは休みなさい」

シャルヴェさまがそう言ったにもかかわらず、兵士たちは私たちに倣《なら》って死者を清め始めた。

そしてすべてのお清めが終わると、持ってきた食べ物を捧げ、皆で首を垂れる。

「まさか王太子さまが直々にこのようなことをされるとは。私たちはずっと王太子さまについてまいります」

疲れているはずの兵士たちは、目を輝かせてシャルヴェさまを見つめている。

「ありがとう。期待している」

シャルヴェさまの行為を見て、兵士たちはますます彼への信頼を厚くしたようだ。

「皆さんも食べ物をご用意しております。中へ」

私が兵士たちに声をかけると、彼らは首を傾げる。

「ありがとうございます。あの……侍女の方ですか？」

「いや。彼女は我が妃となるリリアーヌだ」

シャルヴェさまがすぐに答えると、周りがざわつきだした。

「王太子妃さまだったなんて。大変失礼をいたしました。ご結婚おめでとうございます！」

一瞬にして拍手がわき上がり、胸がいっぱいになる。誰ともわからぬ自分を歓迎してくれるユノヘスの人々に、感謝した。

それから部屋に戻り、早速シャルヴェさまの治療を始めた。

彼の鍛えられた肉体を前にして照れてしまうけれど、治療が始まると別。

「あぁっ、しみる。もういい」

一番深い傷は、左腕。その傷に薬草をたっぷり塗り込むと、彼はビクッと震え声を上げる。

「我慢なさってください」

「なかなか冷たいな」

「今はご意見を聞いておりません。医者にならったとおりにしております」

他の傷を確認しながらピシャリと言えば、彼は吹き出した。

「俺の意見が通らないのは初めてだ」

「無茶をなさるから悪いんです」

できるだけ兵を傷つけなかったと聞いている。そのため、余計な傷を負ったことは承知している。

私の願いを最大限汲み取ってくれたシャルヴェさまに感謝しながら、もしかしたら彼が命を失っていたかもしれないと考えてしまい、本当は泣きそうだった。

「はい、これでひととおりできました。お食事を」

泣いてしまわぬように努めて明るく振る舞い、薬草をつけ新しい布で傷口を覆ったあと、すぐに食事の用意に取りかかった。

「リリアーヌ、食べさせろ」

「えっ……」

思わぬ言いつけに驚くと、彼は「腕が痛くてな」と素知らぬ顔。

今まで自由に動かしていたじゃない！

「ほら、腹が減った」

「……は、はい」

『自分で食べなさい！』と言いたいところだけど、ユノヘスのために必死に戦ってきてくれたのは事実だ。

頬が真っ赤に染まっていくのを感じながら、パンをちぎってシャルヴェさまの口に持っていった。

「ここだ」

目を逸らしていたせいでうまく口に入らず困っていると、彼が私の手を誘導して自分の口に入れる。

少しだけ彼の唇に触れた手をハッとして引くと、シャルヴェさまは笑う。

「シャルヴェさま、手が動いておりますが？」

「そうだったか？　気がつかなかったな」

彼は私をからかっているのだろう。とても楽しそうだ。

「もう！　ご自分でどうぞ」

「ダメだ。腕が痛くてどうにもならない。今度は肉だ」

彼はどうやら笑いが止まらないらしい。ククク と含み笑いをしている。

仕方なくフォークに肉を刺して再び差し出すと、やはり彼が私の手を握り、口に持っていった。

「手、動いていらっしゃいます！」

「いいじゃないか。リリアーヌに甘えたいんだ」

こんなことを言う人なんだ……。

出会ったころは仏頂面でクスリとも笑わなかった彼が、こんなににこやかな顔をして『甘えたい』なんて言いだすとは、意外すぎる。

「リリアーヌも食うか？」

「いえ、私は……」

遠慮したにもかかわらず、シャルヴェさまは私の腕を引き膝の上に抱き上げたあと、パンをちぎって口に入れてくれた。

でも、そのちぎり方があまりにも雑で、しかも大きすぎて、「ゴホッ」とむせてしまう。

「どうした、水か？」

コクコクうなずくと、グラスを手に取り渡してくれるのかと思いきや、彼は自分の口に含む。

『ち、ちょっと、イジワル！』と思ったのも束の間。彼は近づいてきて、唇を押し付け……。

「んっ……」

ヤケドをして看病してくれた時と同じように、私の喉に水を送り込んだ。

呆気にとられパンを噛むことも忘れていると、「もっと水が欲しいのか？」と言われてハッと我に返る。

首を何度も横に振ると、彼は再びおかしそうに笑った。

「じゃじゃ馬も恋には疎《うと》いらしい。恋をしに来たと宣言したくせしてな」

まだ覚えていてくれたんだ……。

覚えていてくれたことはうれしいけれど、彼の強引な行為に胸の高鳴りを抑えることができない。

「それにしても、リリアーヌは水を飲むのが下手だ」

彼は包帯のとれた首筋を伝う水に唇を押し付けたかと思うと、舌でペロリと舐めてみせる。

「シ、シャルヴェさま！」

やっとのことでパンを飲み込み、慌てて彼の胸を押したものの、ビクともしない。

「傷、よくなったな」

「はい。……って！　なにをなさっているんです？」

私の体をがっちりと捕まえた彼は、そのまま首筋から唇を離さない。

「なにをって。愛しい女には触れていたいものだ」

「く、首はおやめください」

彼から逃れようと必死に体を反らしたのに、まったく無意味に終わる。

「それなら、他のところにしよう」

今度は私の耳朶《みみたぶ》を甘噛みして、熱い吐息を吹きかけてきた。

「あぁっ」

「かわいい声も出せるじゃないか」

思いがけない声が出てしまったと慌て、彼の腕から逃れようと手足をばたつかせてもがいてみても、どうにもならない。俊敏さには自信があったのに、やはり力では敵わない。

「リリアーヌ」

今までふざけていたくせに、彼は突然声のトーンを落とし私を見つめる。

「はい」

「俺はお前に恋をしたらしい」

ずっと欲しくてたまらなかった言葉を聞いた瞬間、心臓の高鳴りが最高潮に達する。

「シャルヴェさま……」

「お前はいろいろなことに疲れきって笑うことすら忘れていた俺の心に、スッと入り込んできた。なにも恐れることもなく、まっすぐにな。最初は戸惑ったが、自分のことより周りの心配ばかりしているお前を見ているうちに、すっかり夢中になってしまっていたよ」

夢中だなんて。

恥ずかしすぎて、なんと言ったらいいのかわからない。

でも、怖くなんてなかった。だって彼は最初から優しかったもの。

「父のこともあって、必死にその気持ちを抑えようとした。しかし、愛おしいと思う気持ちは止まらないものだな」

彼が少し照れくさそうに言うので、私まで恥ずかしくなる。

愛する王妃さまを亡くしたショックで精神に異常をきたしたという国王さまのこともあり、彼も悩んだのかもしれない。

「しかし、お前にはまいる。奇想天外《きそうてんがい》なことを次から次へとしでかして、ハラハラさせられた。どんどんお前のことが気になって目が離せなくなってしまったじゃないか」

彼はクスッと笑みを漏らし、続ける。

「まんまとじゃじゃ馬の策略にはまったが、少しも悔しくはないぞ」

「さ、策略なんて……」

「俺の目を引かせる策略だったんだろう？」

そんな難しい駆け引き、私にできるはずがない。

ムキになって首を振ると、彼は「あはは」と笑う。その様子を見ていると、どうやらからかわれているようだ。

けれど、シャルヴェさまの告白に胸が熱くなり、首に手を回してギュッと抱きついた。うれしくて恥ずかしくて……頭の中がごちゃごちゃだ。

「リリアーヌ」

彼が優しい声色で私の名を口にする。

「……はい」

一旦彼から離れ視線を合わせると、琥珀色の瞳に自分が映っていてドキッとする。

「会いたかった。お前が待っていてくれて、どれだけうれしかったか。好きだ」

『好き』という言葉をもらえたのが幸せすぎて、感極まってしまう。

「シャルヴェさま、私も……私も……」

やがて流れ出した涙が、彼の厚い胸にポタポタと落ちる。

「シャルヴェさまに、恋をしました」

やっとのことで吐き出すと、彼は私の両頬を大きな手で包み込み、唇を重ねた。

――トントン。

「チッ」

まるで、口づけを見ていたかのようなタイミングでドアをノックする音がして、彼は顔をしかめる。

一方私は、与えられた甘い唇の余韻に浸り、呆然としていた。

これは、なに？　すごく気持ちいい……。

水を飲まされた時とは違う。同じようにドキドキして心臓が暴走しているけれど、胸の奥がギューッと締め付けられるように疼く。こんな感覚初めてだった。

「誰だ」

「バスチューです」

「入れ」

すぐにドアを開け入ってきたバスチューは、シャルヴェさまの膝の上の私を見て、「あっ」とバツの悪そうな顔をする。

私はやっと自分の置かれている状況を思い出し、慌てて膝の上から飛び下りた。

「お邪魔して、申し訳ありません」

「そうだな。邪魔だ」

シャルヴェさまはぶっきらぼうに言い放った。

「シャルヴェさま！」

ストレートな言葉に驚き慌てふためいていると、バスチューは笑いを噛み殺している。

けれど、ひどく不機嫌になったシャルヴェさまは、バスチューのことを見ようともしなかった。

「シャルヴェさま。リリアーヌさまの夫になるのはご辞退します。それとも、今からでもお受けしたほうがよろしいですか？」

そんなことをすっかり忘れていた様子のシャルヴェさまは、眉をひそめ難しい顔をする。

「いや、いい」

これまた不愛想にそれだけ言ったシャルヴェさまは、バスチューに一瞬視線を送っただけで再びプイッと逸らす。その様子が子供のようで、ちょっとおかしい。

「そうですか。君主の言いつけを破りましたので、きつくお叱りを受けるかと思いましたが……。それでは存分にご寵愛ください」

バスチューの言い方はとても丁寧だったけれど、意外にも兄弟ゲンカをしているようで笑ってしまいそうになった。

誰かの目がある時は王太子と従者としか見えないが、ふたりきりだと少し違うのかもしれない。

「それで、なんだ?」

「はい。死者の弔いをしてくださったそうで、ありがとうございました」

どうやらバスチューの耳にも入ったらしい。

「あれは、リリアーヌの提案だ」

「そうでしたか。ユノヘスの国民として、お礼を申し上げます」

「い、いえっ……」

バスチューは私に向かって深く頭を下げる。でも、私がしたかったのだから、礼など不要だ。

「リリアーヌはもうユノへスの国民だ」

するとシャルヴェさまが放った言葉にバスチューがハッとする。

「そうでしたね。大広間の兵たちが王太子妃さまに感謝しています」

『王太子妃』と言い直したバスチューは、うれしそうに微笑んだ。

「ところで、バスチュー」

今度はシャルヴェさまのほうから口を開く。

「はい」

「お前に頼みがある」

今までの無邪気な様子は鳴りをひそめ、シャルヴェさまの顔はキリリと引き締まった。

「イヤールドのことでしょうか」

「わかっているのか」

ふたりの会話を聞いていてもなんのことかさっぱりわからない私は、首を傾げるばかり。

「イヤールドを統治せよとおっしゃりたいのですね」

バスチューもシャルヴェさまに真剣な目を向ける。

「そのとおりだ」

「あの……統治って？」

私はたまらず口を開いた。

「バスチューにはイヤールドに行き、君主として国民を統治してもらう。無論、イヤールドに足りない物資はユノヘスが援助をし、農業についての知識も伝えていく。いずれはイヤールドがひとつの国家として、他国を侵害せずとも成り立つように導くつもりだ」

「そんな……。それじゃあ、バスチューはいなくなってしまうの？」

私は慌てた。バスチューはもはや家族のような存在。その彼がいなくなるなんて。

「そのようにおっしゃっていただけて、光栄です。シャルヴェさまは私などいなくても、リリアーヌさまがいらっしゃれば、そのお力を十分に発揮されるでしょう。今まで少々自暴自棄なシャルヴェさまが心配でしたが、守る者ができた男は強くなれるのですよ」

バスチューが言うと、シャルヴェさまは苦笑しながら「そうだな」とつぶやく。

「私にバスチューの代わりなど務まりません。それに、バスチューがいなくなるなんて……」

私には荷が重すぎる。

「いえ、リリアーヌさまはご自分が思っていらっしゃるよりずっと、シャルヴェさまの支えになっていらっしゃいますよ」

バスチューがそう口にすると、シャルヴェさまは少し恥ずかしげにうなずいた。

本当にそうなんだろうか。不安は拭えないけれど、ふたりがそう言ってくれるなら全力でシャルヴェさまにお仕えするだけだ。

「それに、これは今生の別れではございません。イヤールドの再建によい知恵がありましたら、是非拝借したい。それに、いつかおふたりで豊かになったイヤールドにお越しください」

「そうしよう」

シャルヴェさまがバスチューに手を差し出すと、バスチューはがっしりと握った。

「お前がいてくれたから、ここまでやってこられた」

感慨深い様子のシャルヴェさまは、ひと言ひと言噛みしめるように口にする。

「それを言うなら私です。シャルヴェさまのおそばにいられて幸せでした。傷ついた兵の手当てが終わりましたら、旅立つ準備をいたします」

バスチューの眉はキリッと上がり、覚悟を感じる。

「頼んだぞ」

イヤールドの未来のためにはこうすることが一番いいのかもしれない。ずっとシャルヴェさまを支えてきたバスチューなら、立派な君主になるだろう。

でも私は寂しさのあまり肩を落とした。

「リリアーヌ」

バスチューが出ていってしまうと、シャルヴェさまは私の腰を抱く。

「バスチューも言っていただろう？　今生の別れではない」

彼も寂しいはずだ。でも、バスチューのことを信頼しているからこそ、イヤールドを任せるのだ。

「はい。いつかイヤールドにお連れください」

「そうだな。楽しみだ」

彼は私の腰に回した手に力を込めた。

「リリアーヌ。少し疲れた。眠りたい」

「それでは、ベッドにお入りください」

私が促すと、シャルヴェさまはベッドに上がり……。

「えっ、なにを……」

私の手を掴み、ベッドに引き上げる。

ま、まさか、裸で一緒に寝るつもり？

なんの覚悟もできていなかった私は、慌てふためき必死に逃げようとした。

「暴れるな、じゃじゃ馬」

「そ、そんなことを言われましても……」

彼の力は強く、どれだけ手足をばたつかせようとも、体をひねろうともビクともしない。逃れられないと悟ると、たちまち耳まで熱くなる。

「今日は疲れていてその気になれない。でも、お前を抱きしめていたい」

彼にそんなことを言われ、胸の奥が締め付けられるような感覚に襲われる。それは、さっき唇を合わせた時と同じだった。

でも、その気って？　疲れていると裸では寝ないの？

そんなことを考えながら、シャルヴェさまの言うままに腕の中に収まった。

すると彼はすぐに寝息を立て始める。

本当に限界だったんだわ……。

「シャルヴェさま。ユノヘスを守ってくださり、ありがとうございました」

私は眠っている彼に向かってつぶやいたあと、目を閉じた。


「んんっ……」

額になにか触れた気がして目を開けると、いつの間にか部屋が明るくなっていた。

あれ？

目の前に誰かがいる……。

「起きたのか」

「あっ」

そこでやっと、シャルヴェさまの腕に抱かれて眠ったことを思い出した。彼がイヤールドに向かってからずっとろくに眠っていなかったからか、ぐっすり寝てしまったようだ。

「すまん。あんまりかわいい顔して眠っているから、どうしてもキスしたくなった」

「キス！」

キスって、たしか口づけのことよね。それじゃあ額に触れたのは、彼の唇？

一瞬にして頬が真っ赤に染まってしまい、恥ずかしさのあまり彼に背を向けようとすると……。

「キャッ」

覆いかぶさってきた彼に両手を拘束され、見下ろされる形になってしまった。

「お前のおかげでゆっくり眠れたよ」

「シャルヴェさま……」

それは私も同じ。一緒に眠るなんてと思ったけれど、心地よくてぐっすりだった。

「だが、今晩は寝かさない」

「えっ……」

まさか、裸で一緒にベッドに入ると言っているの？　裸だと、眠らないの？

彼の言っていることがよく理解できなくてパニックになる。

「コールが朝食だと言いに来た。リリアーヌの分もここに運ぶように言っておいたぞ」

それじゃあ、ここで眠ったことはバレているんだわ！

恥ずかしすぎて、コールにどんな顔で会ったらいいのかわからない。もしかして、もう素肌をさらしたと思われているかもしれない。

――トントン。

そんなことを考えていると、すぐにノックの音がして慌てて飛び起きた。

その様子を笑いながら見ていたシャルヴェさまは、「入れ」とすぐに返事をしてしまう。

「リリアーヌさま、起きられたのですね。おはようございます。お食事をこちらにお持ちしました」

オロオロしているのは私だけらしい。コールはいたって普通の顔。

「あっ、あのね……。コール、これはね……」

「リリアーヌ。なにを慌てている。夫婦が寝屋を共にするのは当たり前のことだ」

なんとか取り繕おうと必死だったのに、シャルヴェさまに追い打ちをかけられてしまい、私の思考は完全に停止した。

「リリアーヌさま。私は仲睦まじいお姿をうれしく思っているのですよ。なにも恥ずかしがる必要はありませんのに」

あぁ、これは完全に裸で一緒に寝たと思われている……。

「はー」とため息をついて肩を落とすと、シャルヴェさまは笑いを噛み殺している。

「それでは、失礼します」

「コール」

シャルヴェさまは出ていこうとしたコールを呼び止める。

「はい。なにか?」

「兵士たちの食事は行き届いているのか?」

「はい。リリアーヌさまが頑張られたおかげで、たっぷりと蓄えがございます。それに、兵士たちを今までになく手厚くもてなしていることが街に広がり、たくさんの食べ物が届くようになりました」

それは初耳だった。

「皆、王太子さまとリリアーヌさまに感謝しています」

コールの言葉を聞き、シャルヴェさまと顔を見合わせて微笑んだ。

「コールも少し休んでね。できることは私がするから」

今度は私が声をかけると、コールはにっこり笑って「大丈夫ですよ」と出ていく。

「さて、いただくぞ」

「はい」

兵士たちに食料をいきわたらせるため、出された食事は質素ではあったけれど、シャルヴェさまと一緒だからかいつもよりおいしく感じた。

初めての夜

その日は、傷ついた兵士たちに声をかけるために、シャルヴェさま自ら大広間に赴《おもむ》いた。

「傷は大丈夫か？」

彼が兵士たちに歩み寄ると、驚き、目を丸くしている。

「私たちのような者にまでお声かけいただけるなんて……もう、死んでもいい」

「なにを言う。これからもユノヘスの英雄であり続けてくれ」

シャルヴェさまがそう言えば、ケガをしているにもかかわらず深く頭を下げる兵士は、顔をクシャクシャにして泣いていた。

大広間には重症者もいて、シャルヴェさまは顔をしかめる。

「本当にすまない。回復を祈っている」

まともに返事のできない兵士にも声をかけ、働き通しの医者をねぎらったあと、私たちは大広間をあとにした。

「リリアーヌ」

「はい」

部屋に戻ると、彼が真剣な眼差しを向けるので少し緊張してしまう。

「お前のおかげで、大切なことに気づいたよ」

大切なことって？

首を傾げると、彼は続ける。

「今まで戦で勝つことだけしか考えてこなかった。それがユノヘスを救う唯一の道だと思っていた。でも、勝ち負けなんて必要のない世界を作ればいい。お前が言ったように、子供のころから温かな心を育て分け合うことを覚えさせたい」

彼の告白は、心にズシンと響く。

シャルヴェさまのしてきたことが間違っていたとは決して言えない。彼はたしかにユノヘスの民を守ってきた。でもこれからの未来には、剣よりも愛があってほしい。

「……はい」

サノワでコツコツとしてきた活動が認められた気がしてうれしかった。

「サノワはお前がいなくなって大丈夫なのか？」

「はい。ヤニックにあとを託しました」

「そうか。ヤニックなら、しっかりやってくれるだろう」

彼は目を細め微笑む。

ヤニックは元気かしら。

私はサノワのある西の方向を見つめ、ふとそんなことを考えた。

兵士たちへのねぎらいが済むと、シャルヴェさまは私を一緒に馬に乗せ王宮を抜け出した。

「リリアーヌ、ひとりで抜け出すことは、絶対に許さんぞ」

「わかっております」

きつくお灸をすえられてしまったけれど、それなら彼と一緒に出かければいい。またあの孤児たちにも会いたい。

王宮から少し離れた小高い丘の上に着き、私たちは馬を下りた。

「それにしてもお前は、本当に乗馬がうまい」

彼はまったく支えがなくても当たり前のように馬に乗る私を驚いている。

「毎日のように乗っていましたもの」

「毎日？」

目を丸くした彼は、私の腰を抱き木陰に座らせる。

「はい。私はごく普通の生活をしてまいりました。でも母が、私が国王の血を引くことを随分気にしていて……剣術や馬術、身のこなし方などを学びなさいと、王宮から父の従者がやってくるたびに練習させられておりました。嫌いではなかったので、それ以外の時も勝手に練習してはおりましたが」

もともと体を動かすことが好きだったので、みるみるうちに上達した。

小さいころは、母がどうしてそんなことを私に学ばせたいのか理解できなかったけれど、今ならわかる。

王の血を一滴でも継いだ者は、いつ命を狙われるかわからないのだ。

それが敵国のこともあれば、権力争いで身内に……ということもありえる。自分の身を守るための最低限のたしなみだったのだろう。

「なるほどな。危険な目に遭ったことは？」

「いえ、まったく。私は子供たちと楽しく暮らしておりましたし、ユノヘスへ嫁ぐように言われるまで、王宮にすら行ったことはありません」

思えば、王宮で暮らしたいとか、それなりの地位が欲しいといった欲求がまったくなかった。

「それがよかったのかもしれない。それなのに、平穏な生活を壊してしまったな」

彼はそう言うけれど、私は首を振った。

「でも、シャルヴェさまに出会えましたもの」

「リリアーヌ……」

怖い目にもあった。辛い思いもした。でも……シャルヴェさまに出会えた喜びが、それらをすべて上回っている。

彼は私を引き寄せ、額に唇を押し付ける。

「こんなところで煽《あお》られても困る」

煽るって？

「さすがに外ではな……」

彼がぼそぼそとつぶやく言葉の意味がわからず顔を見上げると、彼はどことなく色気を纏った瞳で私を見つめる。

「その顔がダメだ」

ダメ？　なにがダメなんだろうと考えているうちに、彼が近づいてきて唇を重ねた。

「んっ……」

どうしよう。気持ちいい……。

こうして唇が触れ合うことが恥ずかしくてたまらなかったのに、今は体がしびれるほど気持ちいい。つながった唇から愛情が伝わってくるようにすら感じる。

しばらくして彼が離れていくと、照れくささを隠すために彼の腕の中に飛び込んだ。

「リリアーヌ」

「はい」

私の髪を優しく梳き始めたシャルヴェさまは、甘い声で私の名を口にする。

「いつか生まれてくる俺たちの子が、誰かを傷つけなくても生きていける世を作ろう」

「……はい」

『俺たちの子』と言われて、私の胸はトクンと大きな音を立てる。

裸で一緒に眠るなんて恥ずかしすぎる。でも、彼の子が欲しい。

きっとアリアナもこんな気持ちだったんだろう。

それからふたりでじっと街を眺めていた。

この大きな街がシャルヴェさまの手腕ひとつで戦場に変わる可能性もある。でも、彼ならこの美しい光景を壊したりはしない。

「シャルヴェさまは、どんな幼少時代をお過ごしだったんですか？」

彼のことについてもっと知りたい。

「お前のことをじゃじゃ馬と言うが、俺もそんなに変わらなかったかもしれないな。母と兄が亡くなってから、唯一の世継ぎになってしまったこともあり、ほとんど王宮に幽閉されていて……」

「幽閉？」

思わぬ言葉が飛び出し愕然とする。

「あぁ。部屋から出るなと一日中監視されていた。そんな俺の遊び相手になってくれたのがバスチューだった」

彼はなにかを思い出したのか、目を細め柔らかい表情を見せる。

「でも、遊びたい盛りの俺たちの好奇心は収まらなくて、監視の目を盗んでいかに抜け出すかがスリルのある遊びで」

それを聞き、思わず笑みが漏れた。

それじゃあサノワの子供たちと変わらない。勉強を教えているといつの間にか姿を消している子が時々いた。

「抜け出せたんですか？」

「あぁ。バスチューが監視の目を引きつけている間に、俺が抜け出してここによく来ていた」

ここは思い出の場所なんだ。

「見つからなかったんですか？」

「見つかったさ。バスチューと一緒に、ランシャンに何度も尻を叩かれた」

彼はバツの悪そうな顔をする。

「あはは」

やはりランシャンは怖いらしい。

お尻を叩かれていたなんて、今のシャルヴェさまからは到底想像もつかない。

「でも……」

再び口を開いた彼は凛とした表情に変わる。

「ここでいつも思ってた。この街は俺が守ると」

「シャルヴェさま……」

そんな小さなころから国を背負うという覚悟をしていたシャルヴェさまは、本当に強い。

「近いうちに国王の称号を継ごうと思う」

「本当ですか？」

「現国王はずっとそれを望んでいた。母と兄を守れなかったという自責の念ですっかり自信を失くして、部屋から出なくなった。その代わりを俺が務めてきたわけだが、世継ぎを作れない自分に国王の資格があるのかとためらいがあった。だから、バスチューに託そうかとも考えていた」

そんなに思い悩んでいたなんて……。

「ですが、バスチューを私と一緒にサノワに行かせようとしてくださったんですよね」

「あぁ。これでは国王失格かもしれないが……あの時は、お前の幸せが一番だったんだ」

それを聞いて、一瞬呼吸をすることすら忘れそうだった。

なにより国を大切に考えていた彼が、私をそれ以上に思ってくれたのだと、目頭が熱くなる。

「私は、シャルヴェさまのおそばが幸せです」

「あぁ。もう二度と離さない」

そして、もう一度唇が重なった。

それから彼の腕の中でしばらく街を眺めていた。それだけで幸せだった。

彼とは遠くにうっすらと見える海にいつか一緒に行こうと約束した。

どれくらいの時間が経ったのだろう。

「そろそろ帰ろう」

シャルヴェさまの言葉にうなずいたものの、本当はずっとこうしていたかった。

王宮に帰れば王太子としての顔に戻る。いくらふたりきりの時は甘いとはいえ、彼の肩には〝国〟という大きな荷物がどっさりと乗る。

戦いのあとの束の間の休息はすぐに終わり、また責任ある立場で動かなくてはならない。

そんな彼が少し気の毒でもあり、誇らしくもあった。

王宮に戻ると、軽傷の兵士は自分の家に戻ったあとで、大広間はぐっと人数が減っていた。

「リリアーヌ。少しバスチューと話をしたい。ここを頼んでもいいか？」

「もちろんです」

恐らくイヤールドの今後について話し合うのだろう。ずっと大広間の指南役をしていたバスチューに代わると、すぐにコールがやって来た。

「バスチューは、イヤールドに行くんですね」

「はい。寂しいですが……」

コールも長い付き合いのはずだ。同じように寂しく思っているに違いないと思ったけれど……。

「これで、平和な時間がやってまいりますね」

彼女があまりに清々しい顔でそう口にするから驚いた。

「えっ？」

「イヤールドは何度もユノヘスに戦いを挑んでまいりました。そのたびに何人もの兵が死にました。私の夫も、です」

「そうだったの？」

初めて聞いた事実に衝撃を覚える。

「はい。天涯孤独《てんがいこどく》となった私は、怒りに狂い王宮の門の外まで来て、主人を返してほしいと泣いてしまいました。王太子さまも必死に戦いに挑まれたのに、我ながら恥ずかしいことをしたと思っています」

それを聞いて首を振った。そうなるコールの気持ちがわかるからだ。

「すると、王太子さまが直々に出てきてくださり、ランシャンさまが止めるのにもかかわらず『すまなかった』と頭を下げてくださったんです。そして、『身を寄せるところがないのなら、ここで働け』とおっしゃってくださいました」

そんなことがあったんだ。やはりシャルヴェさまは優しい人だ。

「ここで働き始めてから、王太子さまの苦悩も、王太子さまを支えていらっしゃる人たちの素晴らしさもよくわかりました。バスチューなら必ずやイヤールドに平和をもたらすはずです」

「そうね。いつか皆でバスチューに会いに行きましょう」

「はい」

私たちは視線を合わせて笑いあった。

ユノヘスもイヤールドも、未来は明るい。

コールと話した私は、少しでもシャルヴェさまの力になりたいと、それから黙々と働き続けた。


そしてあっという間に夜がやって来た。

「リリアーヌ。あとでまた部屋に来い」

シャルヴェさまの部屋で一緒に夕食をとったあと、彼は囁く。

「……はい」

私は自分の脈が速まるのに気づいていた。

いよいよ、だ……。いよいよ、シャルヴェさまと一緒に裸で眠る時がやってきた。

緊張で呼吸がままならない。

一旦部屋に戻りいつものように湯を浴びた私は、何度も深呼吸を繰り返して必死に緊張を和らげようとしたけれどどうにもならず、そのまま部屋を出た。

あっ、コールに言わなかった……。

シャルヴェさまの部屋に呼ばれた時は、自分が身を清めるからとコールに言われていたにもかかわらず、緊張のあまり頭から抜けていた。というか、恥ずかしくて言えない。

イヤールドを鎮圧してから王宮の中なら自由に行き来できるようになっていた私は、誰にも告げず、途中で誰ともすれ違うこともなく、シャルヴェさまの部屋の前にたどり着いた。

「リリアーヌさま、王太子さまのお部屋でしょうか？」

「……は、はい」

しかし、護衛の兵がふたり部屋の前に立っている。

「かしこまりました」

兵のうちのひとりがシャルヴェさまの部屋のドアをノックしようとするので、慌てて止める。心の準備というものが必要だ。

「あ、あの……自分で」

「それは失礼しました」

兵は一歩下がったところから見ている。あまりにじっと見られているため早くノックしなければと焦るけれど、何度手をドアにかざしても勇気が出ない。

「リリアーヌさま、なにをなさっているのですか？」

そうしているうちに、なんと通りがかったバスチューに見つかってしまった。

「あっ、いえっ……」

まるで悪いことをしようとしていた子供のようにビクッと震え、シャルヴェさまの部屋に背を向け逃げ出そうとすると、「リリアーヌ。早く入ってこい」と中からシャルヴェさまの声がする。

どうやら会話が聞こえているようだ。

「リリアーヌさま。シャルヴェさまがお呼びですよ」

バスチューは、焦る私とは対照的にごく普通の顔をして私を促す。

「そ、そうね……」

「ふー」と大きなため息をつくと、バスチューはクスッと笑い兵たちに下がるように伝えた。

「シャルヴェさまはお優しくしてくださるでしょう？」

「はっ？」

「それとも、激しすぎますか？」

バスチューは口元に笑みを浮かべている。

部屋を訪ねてきただけでなく一緒に眠ることがバレていると悟った私は、耳まで熱くなってしまい顔を伏せる。

でも、激しいって、なに？

「バスチュー。リリアーヌをからかうな」

シャルヴェさまが顔を出した。

「申し訳ありません。リリアーヌさまがあんまりおかわいいので」

バスチューがそう口にすると、シャルヴェさまは彼をギロリと睨みつける。

「リリアーヌは俺のものだ」

「承知しておりますよ。ご心配なく」

バスチューが涼しい顔で言うと、シャルヴェさまが少し悔しそうなのがおかしかった。

「それと、今日が初めての夜だ。激しくするから人払いをしろ」

「えっ、ええっ！」

私はそのひと言に目を丸くする。

誰にもバレることなく部屋までたどり着いたと思ったのに、バスチューに見つかり取り繕うどころか、わざわざ『初めての夜』と言ってしまうなんて！

でも、さっきから激しいってなに？

「そうでしたか。私はてっきりもう……」

そこで言葉を濁したバスチューは、一瞬私に視線を送ってから続ける。

「シャルヴェさま。ほどほどになさってくださいね」

「お前は……。もう行け」

「チッ」と舌打ちしたシャルヴェさまは、バスチューの背中を押す。

「あの、ほどほどにというのは？」

会話が見えない私が尋ねると、「ここから先はシャルヴェさまに教えていただいてください」とバスチューは行ってしまった。

「シャルヴェさま、あの……」

「はぁ。とにかく入れ」

盛大なため息をついたシャルヴェさまは、私の腕を引き、部屋の中に招き入れる。

「バスチューは余計なことばかり……」

「余計な、と言いますと？」

いまだふたりの会話がピンとこない私は首を傾げるばかり。でも、とうとうその時がやって来たことを思い出し、たちまち緊張に襲われてしまった。

「お前は本当になにも知らなそうだな」

「な、なにも……なんて。わ、私だって少しは……」

私だって知ってるわよ。裸で一緒に寝るんでしょう？

シャルヴェさまの問いかけにしどろもどろになると、彼は笑みを漏らす。

「リリアーヌ。それでは、妃のつとめはわかっているんだな」

彼は私の腰を抱き、腰まである長い髪を優しい手つきで撫でる。

「は、はい……」

少し声が震えてしまった。そしてそれを彼に気づかれてしまった。

「いつもの威勢はどこにいった。こうしていると、お前も普通の女だな」

「なっ……」

彼に鼻で笑われてしまい口を尖らせたけれど、それも一瞬のことだった。

それは彼が私をサッと抱き上げ、ベッドに連れていったからだ。

「リリアーヌ。震えているぞ」

余裕の顔で私を見下ろすシャルヴェさまは、頬に大きな手で触れ、ニヤリと笑う。

「震えてなんて……」

「こんなに震えているじゃないか」

必死に虚勢を張っても、実際に体に触れられている今、嘘は簡単にバレてしまう。

「や、役割は承知しております。お好きにどうぞ」

意を決して目を閉じる。

もしかして自分で脱ぐの？

もっと細かなことまでアリアナに教えてもらうべきだった。なにもわからない。

「あはは、『どうぞ』と言われても。いったいどんな教育を受けてきたんだ。大の字になって寝そべっていればいいと？」

彼がクククと笑いだしたので、ゆっくり目を開けた。

「違うんですか？」

どうしたら、いいの？

私は軽くパニックになっていた。

「やはり、教え甲斐がありそうだ」

な、なにが起こるの？

裸にされると思うだけで震えてしまうのに、彼が不敵な笑みを浮かべるのを見て、気が遠のきそうになる。

「そんなに怖がらなくてもいい。最初は少し痛いが、すぐに気持ちよくなる」

「気持ちよく？」

聞き返すと、彼はうなずく。

「そう。だからお前は感じるままに声を上げていればいい」

耳元で囁かれると、たちまち頬が赤く染まってしまう。

それから彼は、私の右手をとり唇を押し付けた。

「シャルヴェさま……」

「シャルヴェでいい」

震えが止まらない私は、たったこれだけのことで頭が真っ白になってしまう。

「シ、シャルヴェ」

「どうした、リリアーヌ」

「これからなにを……」

目の前で艶《なま》めかしい色気を放ち始めた彼に、クラクラする。

混乱の中尋ねたものの、彼は私を優しく見つめるだけで答えをくれない。

「ゆっくり教えてやる。まずは唇を重ねるんだ」

そう言った彼は、私の唇に柔らかい唇を押し付けた。

「ん……」

突然のことに驚き慌てて彼の胸を押し返そうとしたものの、ビクともしない。

けれど、唇を重ねるという行為はとろけそうに気持ちがいい。

でも彼が、『まずは』と言ったのが気にかかる。

これだけではないの？

動転してなにも言えなくなった私は、離れてはまた触れる彼の唇の感覚に酔いしれていた。しかし、今度は彼の舌が唇を割って入ってきたので、ビクッと震える。

「シ、シャルヴェ？」

「息が苦しいか？　鼻でするんだぞ？」

そうじゃ、なくて……。

彼は私の戸惑いなんてお構いなしに、舌で私の口内を犯し続ける。最初は戸惑いしかなかった行為が、しばらくすると彼の愛に感じられてきて、いつの間にか夢中になっていた。

これで子ができるのなら裸になる必要なんてないわ。アリアナは嘘をついたのね。

「このぎこちなさが、たまらないな」

やっと唇を離した彼は、私を愛おしそうに見つめる。

シャルヴェの言っていることがちっとも呑み込めない。とはいえ、これで無事におつとめを果たしたのだと思い起き上がろうとすると、容易に戻されてしまった。

「なにをしている」

「なにをって、もうおつとめは済みましたでしょう?」

私が返すと、彼はとうとう大きな声で笑いだした。

「あはは。これは、これから始まる営みの第一段階だ」

「これから始まる?」

終わりではないの?

唖然としていると、彼は私の手をギュッと握る。

シャルヴェの大きな手に包み込まれると、とてつもなく安心できる。ずっとこの手を握っていたい。

そんなことを考えながらフカフカの枕に頭を沈め、彼を見上げた。

すると彼は私の首筋に唇を這わせ始め、ゆっくりと味わうように移動していく。

「シ、シャルヴェ……」

ゾクゾクとした感覚が体を突き抜け、深く甘い吐息が漏れそうになった私は、思わず彼の名を呼んだ。

「まだ夜は長いぞ。今日は朝までかわいがってやる」

朝まで⁉

『かわいがる』の意味がいまだわからないけれど、それでは眠れないじゃないと心の中で思っていた。

だけど、そんなことを考える余裕があったのもそこまでだ。

「な、なにをなさるの……」

デコルテに唇を押し付けるシャルヴェが、湯殿からランシャンを追い出した時と同じように少し骨ばった手で太ももに触れるので、私はその手を慌ててはねのけた。

それなのに……彼は余裕の笑みを浮かべ、あっという間に私の両手を頭の上で拘束してしまう。

「や、やめて……」

「悪いが、いくらリリアーヌの頼みでも、それだけは聞き届けられないぞ。お前は吸い付くような白い肌をしているな」

シャルヴェはそう言うと、私の体の隅々まで愛し始める。

「あっ、そんな……ダメッ……」

恥ずかしい部分にまで触れられてなにも考えられなくなり、ただ身を任せるしかなくなった。

彼に与えられる快感は、私の体を真っ赤に染め、火照らせる。

なに、これ……。

裸で眠ればいいと思っていた私にとって、こんな行為は衝撃しかない。それなのに、体の力が抜けてしまい彼を押し返せない。

「随分しおらしいな。リリアーヌらしくないぞ」

「そんなこと言ったたっ……あっ」

イジワルな言葉を繰り返しながら私の素肌に手を滑らせるシャルヴェは、情熱的なキスを何度も落とす。

その行為にたちまち息が上がってしまう私は、瞳を潤ませ彼を見上げた。

「リリアーヌ、愛してる。もう、生涯離さない」

「……はい」

彼の言葉に胸を震わせながら瞬きした瞬間、我慢していた涙が目尻からこぼれていく。

誰かに愛されるということは、こんなにも心地のいいことなんだ。

彼に愛されることを諦めていた私にとって、『愛してる』という言葉はなによりもうれしい。

「少しだけ我慢しろ」

「えっ、なに……あぁっ」

熱いモノが体の中に入ってきた衝撃で、彼の腕に爪を立ててしまう。

「な、なにをなさる……」

体の奥に感じる強烈な痛みに耐えかね思わず声を上げると、彼は優しいキスを繰り返す。

「キレイだ」

半泣きになっている私とは対照的に、彼は目を細めてうっとりとした瞳を向ける。

「もう、む、無理です！」

痛さのあまり逃げ出そうとしたが、彼は私をがっしりと抱きしめ離さない。

「こうしなければ子は生まれないぞ？」

「そんな。友達のアリアナは裸で眠ればいいと……」

「終わったあと、裸で眠ればいい」

嘘。そういうこと？

私はその時になって初めて、アリアナが一番大切なことを教えてくれていなかったことに気がついた。

言葉を失くし瞼をパチパチさせていると、シャルヴェはクスクス笑う。

「友達は言いにくかったんだろうな。お前みたいな純情な女には」

それじゃあ、アリアナもこんなに恥ずかしいことをしているの？

たしかに、こんなことを聞いていたらユノヘスには来なかったかもしれない。

「あぁっ……」

与えられる刺激が強すぎて、思わず彼の背中に手を回してしがみついた。

すると、あのヤケドの痕に触れてしまいハッと我に返る。

「やはり、気になるか？」

眉間にシワを寄せた彼は、私から離れようとする。

「シャルヴェ？」

彼の辛そうな顔を見てしまった私の胸は、きりきりと痛んだ。

いつもこんな悲しい思いをしてきたんだ。

「違うんです。あの、私……」

「もういい」

「違う！」

大きな声が出た私に驚いたのか、彼は目を見開いている。

「私をバカになさらないでください。私はシャルヴェのすべてが愛おしいのです。でも……。その……私、ちょっと変になってしまって。恥ずかしい声まで上げてしまって、その……」

なんと説明したらわかってくれるの？

背中の傷は、飛びそうだった理性を取り戻すきっかけになっただけ。

傷が気になったのではなく、こんなに夢中になってしまっている自分が怖いだけなのに。

必死に言葉を探していると、彼は再び私に手を伸ばし腕の中に閉じ込めた。

「すまない。リリアーヌがそんな女ではないとわかっているのに……」

彼の言葉に胸がドクンと跳ねる。

私は愛されている。

そう感じた私は、彼の背中の傷にもう一度触れてから口を開いた。

「怖いんです。私が私でなくなってしまうみたいで。こんな乱れてしまって、シャルヴェに嫌われてしまわないかと」

盛大な愛の告白をしたかのようで恥ずかしくてたまらない私は、彼にピッタリとくっつき、肩に顔をうずめる。

「なぜ嫌う？　嫌うわけがないだろう？　こんなに愛おしいのに」

「シャルヴェ……」

それを聞いた私は、胸がいっぱいになり瞳が潤んできてしまう。

「お前を愛しているんだ」

再び私の目から、ポロポロと涙が流れ出す。もちろん辛いからでも悲しいからでもない。愛されている喜びがそうさせているのだ。

「私も……愛しています」

それから私は彼にしがみつきながら、その肩に唇を押し付けた。彼への愛をたっぷりと込めて。

最初から彼に恋をするつもりでやって来たけれど、自分で宣言したとおり完全に恋に落ちた。そして、シャルヴェもそれに応えてくれた。

やがて、小さなうめきとともに果てた彼は、私を強く抱き寄せ息を荒らげる。

「お前に出会えて幸せだ」

「私もです」

ちょっと痛くて……驚いてしまったものの、彼からの溢れんばかりの愛情を感じた行為はとてつもなく気持ちがよかった。

「これからは毎晩抱き合えるな。早くお前の子が欲しい」

「毎晩⁉」

まさか明日も？

「なにを驚いている。それにこれは子を作るためだけのものではない。俺たちの愛を深めるためにするんだ」

彼に『愛を深める』なんて言われ、照れくさくてたまらない。

でも、こんなに激しい行為を明日もするのかと思うとクラクラした。

バスチューが『ほどほどに』とくぎを刺してくれたけれど、これはほどほどだったのかしら？　もうこれ以上は、無理よ！

なにもわからない私は、真剣に悩んでしまった。

「今日はこのまま眠ろう。久しぶりにいい睡眠がとれそうだ」

それでも彼の穏やかな顔を見ていると、ずっとこうして触れていたいと思う。

「はい」

そして、再び唇がつながった。

次の朝、鳥の鳴き声に気がつき目を開けると、目の前にシャルヴェの大きな胸板があって、昨日の行為を思い出してしまった。

「リリアーヌ。起きたか？」

すると、もう既に起きていたらしい彼が、私の髪を優しく撫でる。

「……はい」

声が小さくなってしまうのは、いまだ一糸纏わぬ素肌が触れ合っているのが恥ずかしいからだ。

「そろそろ朝食の声がかかるぞ？　俺はこのままでも構わないが……」

「とんでもございません！」

このままでいいわけがない。

慌てて飛び起きた瞬間、布団がはだけて胸が露わになってしまった。

「朝から誘っているのか？」

シャルヴェは少し鼻にかかった色っぽい声で囁く。

「ち、違い……」

彼にうしろから肩を抱かれ首筋に唇を押し付けられた私は、慌てふためいた。

「体、大丈夫か？」

「……はい」

私をアタフタさせながらも気遣ってくれる彼の優しさに、自然と顔がほころぶ。

私、幸せ……。

慌ててドレスを身に纏おうとすると、ドアをノックする音がした。

「シャルヴェさま」

バスチューだ。

まだ着替えが途中だった私は、とっさに布団の中に潜った。

「なんだ。入れ」

えっ、部屋に入れるの？

ドア越しに話をするものだとばかり思っていたのに、シャルヴェはバスチューを促した。

「失礼します。おはようございます。リリアーヌさまは？」

「あぁ、ここにいる」

「それは失礼しました」

バスチューにどんな顔をして会ったらいいの？

シャルヴェはバスチューに、『激しくするから人払いをしろ』なんて言ったけれど、バスチューも愛する者同士が、裸で一緒に寝るだけではないことを、知っているのだと——いや、もしかしたらコールもエドガーも知っているのかもしれないとやっと気がつき、顔から火を噴きそうだった。

「リリアーヌさまはお疲れでしょうか？」

バスチューのひと言に愕然とする。やはり体を交えたことがバレている。

「そうだな。少し疲れたようだ。だが、いい夜だった」

シャルヴェは余裕の笑みを浮かべている。その様子を布団の隙間から見ていた私は、目を白黒させて固まってしまった。

恥ずかしいから、それ以上はなにも言わないで！

「そうですか……。とにかく、朝食の時間です。コールが持ってまいりますから、それまでに身なりをお整えください」

「わかったよ」

今度こそ身なりを整えると、コールはすぐにやって来た。

「おはようございます。朝食です」

目を泳がせ視線を合わせようとしないコールを見て、コールにもシャルヴェと肌を重ねたことが知られているのだと悟り、焦ってしまう。

「コール。ありがとう。これからもリリアーヌのことを頼んだぞ」

するとシャルヴェがそんなことを言いだしたので、驚いた。

「承知しております。リリアーヌさま。朝食のあと、湯を用意しておきます」

「あっ……」

シャルヴェの部屋を訪れる前には、コールが背中を流すと言われていたことをすっかり忘れていた。

「ごめんなさい、私……」

「いえ。お気になさらないでください。王太子さまとどうかユノヘスをお守りくださ い」

なぜか声を震わせるコールの目にうっすらと涙が浮かんでいるのを見つけ、激しく動揺してしまう。

どうしたの？　私、そんなにいけないことをした？

すると、シャルヴェが口を開く。

「コールには心配をかけたな」

「とんでもございません。リリアーヌさまは運命のお方。末永く大切になさってください。それでは……」

コールは泣きながらも笑みを作り部屋を出ていく。

ふたりの会話が呑み込めず首を傾げると、シャルヴェは私の手を引き、椅子に座った自分の膝の上に座らせる。

「コールは今までの女がこの傷を見て逃げ出していくのを何度も目の当たりにしているんだ。俺が拒否されるたびに自分のことのように心を痛めてくれた」

「そうだったんですね……」

コールはシャルヴェのことを心から尊敬しているのだと感じた。

「期待に応えないとな」

「えっ？」

「もっと愛し合って、仲のいいところを見せつけないと」

そしてシャルヴェは、私に深いキスを落とした。

悲しい嘘

それから三日。バスチューの旅立ちの日がやって来た。

王宮で働く人たちと別れの挨拶を済ませたバスチューは、見送りに出たシャルヴェと私の前に立った。

「バスチュー。イヤールドを頼んだぞ。いつでも力を貸す」

「承知しました。シャルヴェさま」

こうして主従関係にあるふたりだが、兄弟のように育ってきたのだから寂しくないわけがないだろう。

シャルヴェの計らいで、護衛の兵も離れたところから見守るだけだった。

ふたりだけで話したいこともあるはずだ。私も邪魔かもしれないと思いそっと離れようとすると、シャルヴェがそれに気づいて止める。

「リリアーヌはここにいろ。もう俺の家族だろう?」

「はい」

彼の気遣いがうれしくて、私は素直にうなずいた。

「バスチュー。俺はお前がいたからここまで来られた。お前には辛いこともあったかもしれないが……」

シャルヴェがそう言った時、バスチューに剣先を向けた彼の姿を思い出していた。どんな思いであんなことをしたのだろう。

「お辛いことがあったのはシャルヴェさまのほうです。私はシャルヴェさまを信じてついていくだけでよかった。それに、ランシャンさまに一緒に叱られたことは、今となってはいい思い出です」

「そうだな」

シャルヴェは口元を緩ませ、苦笑する。

「リリアーヌさま。シャルヴェさまをどうかお願いします。シャルヴェさまは今まであまりご自分の命を必死に守るということをされてきませんでした」

「そんな……」

バスチューの言葉に驚いてしまう。

「それは、リリアーヌさまのような大切な存在がなかったからです。ですから私は、少し安心しております」

「バスチュー、もうその辺にしておいてくれ」

きまりが悪いような顔をするシャルヴェが止めると、バスチューは「それは失礼しました」とにっこり笑う。

「お世継ぎがお生まれになった際には、お顔を拝見しにまいります」

「もちろんだ。いつでも待っている」

「いつもはまいりません。おふたりの仲睦まじい姿を、毎日見せつけられるのもちょっと……」

バスチューにそんなことを言われ、思わずシャルヴェと顔を見合わせてしまう。

「それですよ、それ。息がピッタリです」

とても楽しそうに私たちに指摘したバスチューは、「それではまた」と馬にまたがり、何人かの従者を連れ王宮を出ていく。

「バスチュー」

そのうしろ姿に思わず声をかけると、バスチューは振り向いた。

「必ず生きるんですよ。イヤールドの平和は、王太子さまとバスチューが作るんです」

「承知しました、リリアーヌさま」

バスチューは小さく会釈をして今度こそ去っていった。

「リリアーヌ。泣かなくてもいい」

シャルヴェに言われ、慌てて頬を拭う。

「シャルヴェは寂しくないんですか？」

思わずそう尋ねてしまったのは、彼が清々しい顔をしていたからだ。

「寂しいさ。でもバスチューは、ユノヘスとイヤールドの未来のために旅立ったんだ。またすぐに会える」

シャルヴェは私の腰を抱き寄せる。

「そうですね」

「それに世継ぎを作れば、バスチューは飛んでくるぞ？」

彼は微笑み、大きな体を少し屈ませて顔を近づけてきたけれど……。

「コホン」

「あ……」

唇が触れる寸前のところで咳払いに気づき振り向くと、そこにはひげじい、もとい、ランシャンの姿があった。

「シャルヴェさま。血気お盛んなのはよろしいのですが、決めなければならないことが山ほどございます。執務を優先してくださいませ」

言い方はすこぶる丁寧なのに、目の奥がギラッと光っていて恐ろしい。

「そ、そうだったな」

シャルヴェも周りに誰もいない時は、ランシャンの前では威厳の欠片《かけら》もない。

それもそうだろう。いつもお尻をペンペンされていたのだから。

「それと……王位継承の準備も始めなければなりません」

ランシャンが言うと、シャルヴェは精悍な目つきになる。

「わかっている。王に報告しなければならないしな」

そういえば、いまだシャルヴェの父である国王に会ったことはない。病に臥せっているると聞いただけ。彼も私に会わせようとはしなかった。

「シャルヴェ。私、国王さまに会わなくていいのかしら」

なにげなく聞くと「そうだな……」と一瞬言葉を濁した彼は、私の腰を抱いたまま王宮の中に戻った。

そしてシャルヴェの部屋に着くと、窓の外に視線を移した彼が突然口を開く。

「リリアーヌ。国王はもうなにもわからないんだ」

「なにも？」

どういうこと？

聞き返せばシャルヴェは振り向き、心なしか苦しげな表情を浮かべ私の瞳をまっすぐに見つめる。

「もう俺のことも、わからない」

「えっ……」

そんなにひどい状態だと知らなかった私は、言葉が出てこない。

でも、ここに来た時、国王さまがお呼びですと呼ばれて行ったような。

微かな記憶をたどり、それを思い出した私が聞こうとすると、彼が先に口を開いた。

「今まで国王の病状については、俺とバスチュー、ランシャンしか知らなかった。国王がそんな状態だと他国に知られることは、ユノヘスにとってなんの利益ももたらさないからな」

たしかに、一国をまとめる立場の人間がそんな状態であると知られれば、その隙をついてユノヘスを手に入れようと戦いを挑んでくる国もありそうだ。

「だからシャルヴェがその代わりをしてきたのね」

「そうだ」

「でも、どうして？　今、王位継承をするなら、もっと前にしておいてもよかったのでは？」

私は素直な疑問を彼にぶつけた。

「俺は世継ぎを作ることが無理ならば、バスチューに国王の座を譲ろうと考えていた」

以前にもそんなことを口にしていたけれど、本気だったんだ。

「今までの妃候補は、俺の傷に怯えただけではない。忌まわしい過去の話を聞き、自分も母や兄のように消されるのではないかと恐れた」

彼の悲しい告白に愕然とする。

「そんな……シャルヴェがそんなことを許さないのでは？」

そう返すと、彼は大きくうなずいた。

「もちろんだ。リリアーヌのことはこの命に代えてでも、生涯守り通す」

私は彼を信じている。だから怖くなどない。

「シャルヴェ」

思わず彼に抱きついた。深い悲しみに苦しんできたであろう彼を癒やしたかった。

「リリアーヌ、どうした？」

「私はずっとそばにいます」

「あはは。わかっている」

シャルヴェは笑ってみせたものの、最初はためらいもあったはずだ。初めて体を交えた時、傷に触れた私を見て一度引こうとしたのだから。

「シャルヴェ。あなたの悲しみを私にも分けて」

「リリアーヌ……」

彼は目を丸くする。でも、それが夫婦になるということだ。

「苦しむシャルヴェなんて見たくない。それならいっそ、一緒に苦しんだほうがましです」

それは、嘘偽りのない本心だった。

「そうか。お前は頼もしい」

「また、じゃじゃ馬扱いをして……」

私は彼を笑顔にしたくて、満面の笑みを浮かべてみせる。

「じゃじゃ馬ではない。お前はこんなに魅力的な女だ」

シャルヴェはそう言うと、すぐに私の唇を奪った。

「シ、シャルヴェ……まだ明るい……や……」

私が声を上げたのは、首筋を這い出したシャルヴェの唇が、チュッと音を立てその痕跡をつけたからだ。

「体を交えるのは、夜と決まっているわけではないんだぞ?」

「えっ！」

あんな恥ずかしい行為を昼間から？　すべて見えてしまうじゃない。

せめて、月明かりまでよ！

必死に彼の厚い胸板を押し返し、その腕をかいくぐり逃げようとしたけれど、まったく無駄な抵抗だった。

「じゃじゃ馬扱いはいやなんだろう？」

ニヤリと笑うシャルヴェは、私を容易に捕まえ壁に追い詰める。

「そ、そうですけど……」

「それなら、女として扱ってやる」

「さっきランシャンに叱られ……。あっ、おやめ……」

ドレスに手をかける彼に焦り、慌てて抵抗したものの……。

「ランシャンにはまた叱られるだけさ」

彼はマイペースに私の唇を塞いだ。

――結局、まんまと抱かれてしまった私は、恥ずかしさのあまり枕に顔を押し付けたまま起き上がることすらできない。

「あっ、まずい。ランシャンのところに行かないと。聞こえただろうな。これは相当叱られるな」

シャルヴェは私の髪を何度も撫でながら、平然と言う。

「き、聞こえた……」

これでも必死に漏れ出てしまう声をこらえたつもりなのに。

シャルヴェのせいよ！

こんなに明るいうちからあんな声を聞かれたかもしれないなんて、まるで拷問だ。

だからやめてって言ったのに……。

「ま、心配するな。皆世継ぎを望んでいる。やめろとは言われないさ」

「そ、そういう問題ですの？」

口を尖らせ反論したものの、「そもそもお前の声だぞ？」と笑われ、黙るしかなくなった。

シャルヴェはすぐに身なりを整え出ていった。けれど、残された私はまだ火照る体を自分で抱きしめ、呆然とベッドに寝そべる。

彼と体を交えたあとは気力も体力もなくなってしまう。

激しい彼の行為に必死に応えようとすると、いつもぐったりとしてしまい立ち上がるのも億劫だ。しかし、愛をたしかめ合う行為はたまらなく心地いい。

とはいえ、コールやガエルは今日も忙しく働いている。なにか手伝うために私も部屋を出た。

「コール。なにかすることはない？」

調理場に行きコールに声をかけると、丁度パンを焼いているところだった。

「リリアーヌさまはごゆっくりされてください」

「でも動いていないとソワソワするのよ、私」

どうやら私の言葉に納得した様子のコールは、フフフと笑う。

「これからガエルとトマトのスープを作るのですが……」

「手伝うわ！」

それから完熟したトマトをどっさり抱えて入ってきたガエルと一緒に、トマトのスープ作りを始めた。

今日の夕食はローストチキンと、トマトのスープ。それに、かぼちゃのチーズ焼きなどが並ぶ予定だ。

「パンがいい具合に焼けましたわ」

コールが窯からこんがり焼けたパンを取り出した。

「それでは国王さまの分を用意しましょう」

ガエルのひと言にハッとした。国王さまの病状については、シャルヴェとバスチュー、そしてランシャンしか知らないと聞いていたからだ。

「これは誰が運ぶの？」

「いつもはバスチューでしたが……」

「それじゃあ、私が運んでもいい？」

そう尋ねると、コールは少し困った顔をする。

「ですが、国王さまのお部屋には近づくなときつく言われているんです」

「シャルヴェさまと一緒ならいいかしら？」

「それは王太子さまにお聞きしてみないと……」

言葉を濁すコールとガエルを残し、私は食事を持って調理場を出た。

「シャルヴェ」

彼の部屋に行くために長い廊下を歩き始めると、角を曲がったところで彼を見つけ声をかける。

「リリアーヌか。ランシャンには聞こえなかったようだ。なにも言われなかったぞ」

そんな報告はいらない。恥ずかしくて目が泳ぐ。

「食事、一人分じゃないいか。お前の分は？」

これが自分のものだと思っている彼は不思議そうな顔をする。

「あの、これは国王さまの分なんです」

彼は私がこうして持ってきたことの意味に気がついたらしく、小さくうなずく。

「一緒に、行くか？」

「はい！」

笑顔で返事をすると、彼も微笑んだ。

国王さまの部屋は、シャルヴェの母と兄が亡くなったという一番東の部屋の上にあった。

その部屋の前にはふたりの兵が完璧に武装して立っており、物々しさを感じる。

シャルヴェの部屋の前の護衛より厳重だ。

「ご苦労だ」

「はっ」

シャルヴェに頭を下げた兵は、それを合図に階段を下りていく。

「どうしたんですか？」

「ここに誰かが入る時は、階段の下で待機だと決まっている」

どうやら徹底的に国王さまの姿は見せないようだ。

「リリアーヌ。なにがあっても驚くな」

「えっ？　……はい」

どういうこと？

「行くぞ」

シャルヴェから意味深な言葉を聞いた私は、少し緊張しながら彼に続く。

ドアから一歩入ったその部屋はひんやりとしていて静かすぎる。最初の部屋にはいくつかの立派な調度品があるだけで国王さまの姿はない。

その奥にもう一枚ドアがあり、シャルヴェはそれをノックした。

「ジルベールです」

ジルベール？

自分の名前とは別の名を名乗ったシャルヴェに驚いたけれど、彼の表情は少しも変わらない。

「入りなさい」

もうシャルヴェのことも認識できないような状態だと聞いていたのに、国王さまの受け答えは意外にもはっきりしていた。

「お食事をお持ちしました」

大きなベッドに横たわっていた国王さまは、少し痩せ、きちんと整えられた白髪が印象的。目元が少しシャルヴェに似ている。

枕元に置かれたランタンが、目尻に深く刻まれたシワをいっそう際立たせていた。

病に臥せっていると聞かされていたものの身なりはキレイに整えられていて、顔の艶はいいようだ。

「今日はなんだ」

「はい。今日はトマトのスープがございます。お好きですね」

国王さまはトマトがお好きなんだ。

「そうか。私はパンが食べたい。最近のパンは柔らかくて甘い」

その言葉を聞いてうれしかった。コールやガエルと酵母を研究してよりおいしいものをと試行錯誤してきたからだ。

「パンもございます。このパンは、彼女——リリアーヌが作りました」

シャルヴェは唐突に私を紹介してくれた。

「今日はバスチューではないのか」

「はい」

私はベッドに一歩近づき、国王さまの目を見つめた。しかしその目は力なく、視線は宙にさまよったまま私の姿を捉えようとしない。

見えていない？

ハッとしてシャルヴェを見上げると、彼は大きくうなずく。

「こちらに」

シャルヴェは私が夕食をテーブルに置くと、国王さまを起き上がらせて椅子に誘導する。そしてフォークを握らせ、説明を始めた。

「ここにパン。そしてその隣の皿がチキン。トマトのスープはこの位置です」

シャルヴェは丁寧に国王さまの手を動かし、場所を示していく。

すると国王さまはなにも言わずに一心不乱に食べ始める。しかし、目が見えないせいもあり、ポロポロとこぼれてしまっている。

それを見て手伝おうとしたものの、シャルヴェに止められてしまった。

「ご自分でお食べになりたいのだよ」

手伝ってもらうのは屈辱的なのかも……。

そう思った私は、黙って見ていることにした。

「本日はご報告がございます」

「なんだ？」

しばらく食べ進んだところでシャルヴェが口を開いた。

「このたび、妃を娶《めと》ることになりました」

「本当か！　心配しておったんだぞ、ジルベール」

さっきから、ジルベールって……誰のこと？

「はい。そしてこのリリアーヌが、私の妃です」

私はシャルヴェの妃になるのよ？

淡々と進む会話についていけない。だけど、なにかわけがあるのだと事態を見守ることにした。

「おぉっ、リリアーヌ。そなたが……」

国王さまは手を宙に舞わせる。

「私はここに」

私を探しているのだと気づき、国王さまの手を取った。

「そなたが……」

再びそう口にした国王さまが視力を失った目に涙を浮かべるので、驚いてしまった。

そんなに喜んでくださるなんて。

「ジルベールを頼んだぞ。そしてユノヘスに世継ぎを……。シャルヴェの分まで、ふたりで幸せになりなさい」

衝撃的なひと言を聞いた私は、唖然としてシャルヴェを見つめる。

シャルヴェが死んだことになっているの？　そうすると、ジルベールというのは亡くなったお兄さまの名前？

やっと事態を呑み込んだ私は、震えそうになる声を必死に振り絞る。

「もちろんでございます。ジルベールさまと一緒なら、私は世界で一番幸せになれます」

そして私は、今までで一番悲しい嘘をついた。

我慢しきれなくなり頬を伝いだした涙に気づいたシャルヴェは、眉根を寄せる。それでも私は大きく息を吸い込んで続ける。

「国王さま。これから私がお食事をお持ちしてもよろしいですか？」

私の提案に、シャルヴェは驚愕の表情を浮かべる。

「もちろん、構わんぞ。ジルベール、よいだろう？」

「はい。国王さまがそれでよろしいのでしたら」

シャルヴェの言葉に、国王さまはうれしそうに微笑んだ。

「それで……以前からお望みでした王位継承を行いたいと思います」

次にシャルヴェはそう切り出した。

「やっとその気になったか。これもリリアーヌのおかげだな」

「いえ……」

そう言いつつも私の胸はきりきりと痛む。

シャルヴェは、自分を殺して平気なの？

それでも動揺を悟られまいと必死に明るく振る舞い、国王さまの部屋をあとにした。

私には先に階段を下りていくシャルヴェの背中が寂しげに見えてしまう。

「リリアーヌ。それを片付けたら部屋に」

「はい」

私は調理場に食器を置き、すぐにシャルヴェの元に走った。

「シャルヴェ！」

護衛の兵の間を駆け抜けノックもせずに部屋に飛び込むと、彼は目を丸くしている。

「まったく、じゃじゃ馬は直らないらしいな」

シャルヴェは呆れ声を出しながら、それでも私を抱きとめてくれる。

「だってシャルヴェはじゃじゃ馬が好きなんでしょう？」

「あぁ、じゃじゃ馬が女になる瞬間がな」

そして私に熱いキスを落とす。

「もう！」

唇が離れると、恥ずかしさのあまり顔をそむけて不貞腐《ふてくさ》れてみせたけれど、彼は構わず腕の中に閉じ込める。

「驚いたか？」

「……はい」

正直に言うと、彼は私の手を引きベランダに向かった。

南の空には、上弦《じょうげん》の月。その月明かりはほんのり青白く、優しい光を私たちに届けてくれる。

「星がキレイ」

今日は空気が澄んでいて、星がいつもよりたくさん瞬《またた》いている。

思わずそうつぶやいた瞬間、彼は私の腰を抱いた。

「本当だ」

「ジルベールさまは、どの星かしら」

私の漏らしたひと言に、彼はふと苦しげな顔を見せる。

「ジルベールはここにいるんだ」

彼のそんな言葉を聞き、胸が締め付けられるように苦しくなった。

「いつからですか？」

「うん……」

彼は私の質問にすぐには答えず、再び空を見上げて大きく息を吸い込んでから口を開く。

「母と兄のジルベールが亡くなって、父はしばらく部屋から一歩も出てこなかった。俺はひどいヤケドを負い生死の境をさまよっていたから、それすら知らなかった」

シャルヴェはゆっくりと言葉を噛みしめるように話す。

「そばに寄り添っていてくれたランシャンが言うには、その間父は食事もとらず、ひたすら涙を流し続けたそうだ」

そこまで言うと、彼は顔をゆがめ視線を落とす。

「愛する者をふたりも一度に亡くしたことに心が耐えきれなかったのだろう。母の死は受け入れたものの、自分の跡を継がせると溺愛していたジルベールの死はどうしても受け入れられなかったようだ」

「でも……」

シャルヴェだって同じ血を分けた子。いくら王位継承権がジルベールさまのほうが上だったとしても、同じように大切だったのではないだろうか。

「父に初めて『ジルベール』と呼ばれた時は、殺したいほど憎かったよ。俺はいらない存在だったのかと」

彼の硬く握った拳が微かに震えている。

かつて私が正妃の子ではないと知れてしまった時、『お前は俺と同じなのかもしれないな』と彼はつぶやいた。

彼は正妃の子ではあったけれど、その存在を抹殺されてしまった身。私と同じ寂しさを抱えていたのかもしれない。

「でもランシャンは言うんだ。国を守るという責務を負う国王にとって、世継ぎを守るということは一番の任務。王位の第一継承者だったジルベールを守れなかったという後悔と懺悔《ざんげ》でそうなってしまったのだと。決して俺のことが嫌いだったわけではないと」

そうはいっても、彼の胸の内を考えると辛くてたまらない。

私は彼の胸に頬をあて、ギュッと抱きついた。

「俺は小さい男だ。ジルベールと呼ばれることに慣れるまで、時間が必要だった」

「小さくなんてありません！」

私は一旦離れ、彼の目をしっかり見つめて首を振る。

夜風がシャルヴェの美しい金色の髪をフワッと煽った瞬間、彼の瞳にきらりと光るものが見えた。

「ありがとう。でも、そうなんだ。ジルベールの代わりにユノヘスを守らなくてはならなくなった俺は、そんなちっぽけなことで立ち止まっている場合ではなかった。もう国王として十分に采配を振れなくなった父の代理として、すべてを取り仕切らなくてはならないのに……」

聞けば、あの忌々《いまいま》しい火事は彼がまだ十歳のころだったらしい。そんな歳で国を背負うなんて、できるはずがない。

「それからは必死だった。バスチューという心強い仲間を手に入れ、ランシャンに叱られながら、ひたすら国政について学んだ。まぁ、よく抜け出して尻も叩かれたが」

シャルヴェはやっと笑みをこぼす。

その辛い時期にバスチューがいてくれて救われたのかもしれない。

「ランシャンは、俺の足りない部分をひたすら埋めてくれた。俺たち一族のために、身を粉にして働いてくれた。もちろんバスチューも、陰の功労者だ」

そうやって他の人に素直に感謝できるのが、本当は優しい彼らしい。

「俺は、母と兄を奪われた悲しみと、自分の人生を諦めジルベールとして生きていかなければならない苦しみで憎しみが増幅して、攻め込んできた他国の兵は、容赦なく斬り捨ててきた」

それが冷酷な君主だと言われてきた由縁《ゆえん》だろう。

「憎しみがほとんどを占めていた俺の心に変化をもたらしてくれたのが、リリアーヌ。お前だよ」

「私?」

私はなにもしてない。

「そう。サノワから友好の証として姫を差し出すと言われた時、正直言って興味などなかった。俺はこの傷のせいで女を信じてはいなかったし、部屋に閉じ込め人質にでもしておけばいいと」

私もそれを覚悟していた。その一方で、どうせならユノヘスの冷酷王太子に愛されたいとも思っていた。

「それなのに、お前のあのひと言だ」

「なにか言ったかしら?」

「言っただろ。『王太子さまに恋をしにまいりました』と」

私は急に恥ずかしくなって、再び彼に抱きつき赤く染まる頬を隠そうとした。

しかし彼はそれを許してはくれず、私の両肩に手を置き視線を絡ませる。

「俺の暴れ馬を乗りこなす姫なんて……民のために命を顧みず火の中に突っ込む姫なんて……はるかに想像を超えてきた。一気にお前に興味を持ったよ」

「シャルヴェ……」

あれはとっさにとった行動だったけれど、浅はかだったかもしれないとちょっと反省もしている。

でも、男の子の命が助かったから後悔はない。

「そんなお前と過ごすうちに、俺もまんまと恋に落ちていた。サノワに帰す決断をした時は、今までで一番苦しかった」

そう言った瞬間、彼は私の顎に手をかける。

「リリアーヌ。どこにも行くな。お前は俺の味方でいてくれ」

私にはそれがシャルヴェの心からの叫びだと感じた。

「もちろんです。だって私は、シャルヴェに恋をしに来たのよ」

そして、月明かりに照らされた私たちのシルエットが、重なった。

ユノヘスの未来に

それからひと月。

ランシャンが取り仕切り、無事に王位継承の儀式が終わった。もちろん、シャルヴェはシャルヴェとして王位を継承したのだ。

ただし、国王さまにだけはジルベールが王位についたと報告してある。

シャルヴェの苦しい胸の内に、お尻をペンペンしながら見守ってきたランシャンはもちろん気づいていて、彼が王位継承を宣言した瞬間目頭を押さえていた。

「シャルヴェさま。国民が王宮に押しかけています」

バスチューがいなくなり彼の代わりのような役割をしているエドガーがそう伝えに来た。

「何事だ？」

「はい。シャルヴェさまの王位継承をお祝いしたいと」

一瞬、険しい顔をしたシャルヴェだったが、それを聞いて頬を緩める。

「そうか。それなら行こう」

彼はそう言いながら、私の腰に手を回して促す。

「結婚も、国民に宣言するぞ」

「シャルヴェ、それは……」

まずは王位継承が先だと結婚式は先延ばしにした。それでも、もう身も心もつながった今、少しも不安ではなかった。

だから、今は王位継承のことだけで結婚は式の日取りが決まってからでもいいのでは?と思ったけれど……。

「宣言したいんだ。じゃじゃ馬を手なずけたとな」

「ちょっと、シャルヴェ!」

口を尖らせ怒ってみせたのに、シャルヴェは「あはは」と高らかに笑う。

仮面をかぶったように表情のなかった彼が、こうして声を上げて笑っていることがうれしかった。

それからエドガーに連れられ見晴らし台まで行くと、王宮前の広場には溢れんばかりの人々が集まってきている。

「シャルヴェ、すごい人よ!」

「本当だな」

「シャルヴェさまのイヤールドの攻略、そしてその後の兵への対応で、国民は皆シャルヴェさまの虜《とりこ》です」

エドガーが言うと、シャルヴェは少し照れくさそうに表情を緩める。

「そうだったのか。それでは、もっともっと頑張らないとな」

「はい。どうかひと言、国民に声をお届けください」

エドガーにせがまれシャルヴェが一段高いところに上ると、彼の姿が見えた国民はざわつき始めた。

「シャルヴェさま！　王位継承、おめでとうございます！」

どちらからともなく声が上がる。

「皆、ありがとう。私が至らないせいで、大切な人を亡くした者もいるだろう。申し訳ない」

シャルヴェが『申し訳ない』と国民に首を垂れたせいか、一瞬静寂が訪れる。

名実ともに絶対的な君主となった彼が、そんなふうに謝るとは思ってもいなかったのかもしれない。

「だが、これからは極力無用な争いはしない。ユノヘスの豊かな土地と、聡明《そうめい》な国民を守ることにのみ心を砕く。それでも隣国が攻めてきた時は、私が率先して皆を守ると約束する」

「シャルヴェさま！」

彼の力強い言葉を聞き、うっすらと涙を浮かべている者までいる。

ユノヘスは強い。これだけ団結しているこの国に敵う国などないと思えた。

「そして今日はもうひとつ知らせがある」

「リリアーヌ」と私を促したシャルヴェは、同じように一段高いところに上がった私の腰を抱いた。

「王妃のリリアーヌだ」

「うぉー！」

その瞬間、大きなどよめきが起こる。それはもちろん祝福のどよめきだった。

私……こんなに祝福されて、幸せだ。

「近々結婚式を行う。彼女はユノヘスの女神だ」

そんなふうに紹介され、たじろいだ。

『女神』なんかじゃない。ただのじゃじゃ馬なのだから。

それでも、シャルヴェからの精いっぱいの愛を感じ、自然と笑みがこぼれる。

「リリアーヌさま！」

その時、まだ甲高い子供の声が耳に入り、その方向に目を向けると……。

「シャルヴェ、あの子……」

火事の時に助けた男の子の姿を捉えた。

「エドガー、あの子を呼んで来い」

「かしこまりました」

エドガーに指示をしたシャルヴェは、もう一度集まった国民を見渡し手を挙げてから中へと戻った。

「リリアーヌさま！」

見晴らし台から下りると、あの男の子が駆け寄ってくる。

「あぁ、よかった。元気なのね」

私は男の子を抱き寄せた。

助かったとは聞いていたけれど、そのあとどうしているのかは知らなかったので、こうして元気な姿が見られて感動だ。

「リリアーヌさま。僕のせいでヤケドをしてしまったと聞きました。ごめんなさい」

「そんなことをあなたが気にする必要なんてないのよ。泣かないで」

顔をクシャクシャにして泣き始めた男の子をあやすように、必死に声をかける。

「でも……」

しかし、しゃくりあげ始めた男の子は泣き止む気配もない。

「もう傷痕も残ってないのよ。ほら」

私はヤケドの傷の残る右足ではなく左足の裾を上げ、男の子に見せる。

「本当だ……」

「ね？　だから泣かなくてもいいの」

「僕、王妃さまを守れる兵になる。絶対にリリアーヌさまを守るから」

まだ幼い男の子から熱烈な愛の告白を受けたようで、少し照れてしまった。

「ありがとう。でもね、ユノヘスはシャルヴェさまが平和な国へとお導きになるわ。だからあなたはご両親の手伝いをして立派な大人になりなさい。いつか、国を守らなければならない事態になった時は、お願いするからね」

「うん！」

笑顔が戻った男の子は何度も振り向いて手を振りながら、エドガーに伴われ離れていく。

その様子に笑顔で応えた私の隣に立つシャルヴェは、「お前は本当に優しいんだな」と褒めてくれる。

「そうですか？」

「そうだ。そして聡明だ」

とっさに左足を見せたことを言っているのだろう。

「ありがとうございます」

素直にお礼を言ったものの、彼は「だが！」となんだか不機嫌になる。

「どうされたんです？」

「ライバルが増えたじゃないか。お前を守るのは俺の仕事だ」

「えっ……もしかして、嫉妬してくださるの？」

あんなに幼い男の子に？

私はおかしくなって、思わず吹き出してしまった。

「なにがおかしい。お前の白い肌を見られるのは俺だけでいいんだ」

あっ、もしかして、足を見せたことを怒っているの？

「それは、あの……」

「お前は俺を煽るのがうまいな」

「えっ……」

ニヤリと笑ったシャルヴェはいとも簡単に私を抱き上げる。

「エドガー。これから部屋の周りは人払いをしろ」

「はい」

戻ってきたエドガーにそう告げたシャルヴェは、私を抱き上げたまま部屋へと向かう。

それって……。

「じゃじゃ馬にはまだまだしつけが必要だ」

「シ、シャルヴェ。まだ明るいのよ？」

慌てる私は小刻みに首を振る。

「そんなの今さらだろう。次は世継ぎの報告をしないとな」

そうして私は今日も彼に溺れ、甘いため息を漏らすこととなる。


それからふた月後。私たちの結婚式が盛大に行われた。

式は終始温かい雰囲気で進み、王宮で働く者はもちろんのこと門の外の広場に集まった国民に祝福され、幸せの絶頂とはこういうことを言うのだと感じた。

ほとんど寝たきりの元国王さまのところには、銀糸の美しい刺繍が施された白いドレスのまま結婚を報告に行った。

国王さまには見えないけれど、正装で報告をしたかったのだ。

ただ、シャルヴェにとってはジルベールとしての報告になってしまったのだけが残念だった。

「シャルヴェ、辛かったでしょう?」

「辛くはないさ。リリアーヌに出会えたのだから、他のことなんてちっぽけなことだ」

彼の曇りのない表情に安堵した。彼は己の運命すべてを受け入れたのだ。

婚姻の儀が滞《とどこお》りなく終わり、コールに手伝ってもらって着替えを済ませる。

そして、ホッとした気持ちでふと窓の外を見ると、あの木が――初めてここにやって来たあの日登った樫の木が――視界に入った。

「リリアーヌさま、お疲れさまでした。本当におキレイで……こうしておそばでお世話させていただけることを誇りに思います」

「コール、ありがとう。これからもよろしくね」

私が手を差し出すと、コールはその手をしっかり握り瞳を潤ませる。

「リリアーヌさま、お体に障ります。もう休まれては?」

「そうね……」

私はそう言いながら再びあの木を見つめた。

コールが部屋を出ていったあと、こっそり部屋を抜け出した。

シャルヴェは今ごろランシャンやこの日のために戻ってきてくれたバスチューと話をしているはずだ。

王宮の玄関には、以前より増えた門番。私が襲われたあの日からいっそう出入りが厳しくなった。

「リリアーヌさま、どちらへ？」

「少し外の空気が吸いたいの。すぐに戻るわ」

しかし、門番の目を盗んで外に出たあの時とは違う。

ユノヘスの国民となり、王妃となった私をとがめる者はいなくなった。

「承知しました。ですが、中庭まででお願いします」

「わかっているわ」

中庭で十分だ。私の目的はあの木なのだから。

私は誰も見ていないことを確認したあと、長いスカートをたくし上げ木に手をかける。少し登りにくい木ではあるが、木登りの名人と言われた私にとってどうということはない。

「もう、邪魔ね」

途中で裾を踏み足を滑らせそうになったものの、そこは抜かりない。そうなることも想定してきちんと手で枝を掴んでいたので、問題なかった。

「やっぱり美しい」

眼下に広がるユノヘスの街。どこまでも果てしなく続く広大な土地には、小麦だろうか、黄金の絨毯が広がっている。

きっとシャルヴェならこの国を守ってくれる。私にはそんな確信があった。

「リリアーヌ。やっぱりここか」

下からシャルヴェの声がする。

「どうしておわかりになったのですか？」

「じゃじゃ馬はとてもひとりじゃ手に負えない。門番にリリアーヌが出ていく時は必ず俺に知らせるようにと言ってあるんだ」

それは知らなかった。

彼は話をしながらガシガシと登ってくる。ランシャンの目を盗んでバスチューと一緒に王宮を抜け出していたという彼にとっても、この木を登ることくらい造作もない。

「お話の最中だったのでは？」

あっという間に登ってきて、隣に座ったシャルヴェに尋ねた。

「そうだ。でも、リリアーヌのほうが大切だからな」

彼は最近すこぶる甘い。

「でもランシャンにお尻叩かれますよ？」

「あはは。他愛もない会話をしていただけだ。問題ない」

笑みを漏らすシャルヴェは私の肩を抱く。

「ここは街がよく見えるな」

「はい。ユノヘスは美しいですね」

「リリアーヌはもっと美しい」

彼は顔を近づけてきて唇を奪う。

「こんなところで……」

「お前となら、どこでもキスしたいぞ」

「そ、そんな……場所はお選びください！」

慌てる私は、マイペースな彼に踊らされっぱなし。

相変わらず『じゃじゃ馬』と言われるけれど、彼にがっしりと手綱《たづな》を握られている気分だ。

「まぁ、考えておく。リリアーヌ、疲れてないか？」

「少し疲れました。おとなしくしていないといけなかったんですもの」

私が言うと彼は「あはは、お前らしい」と白い歯を見せる。

「シャルヴェ。私、ちょっと体調がよくないの」

「なぜそれを早く言わない。こんなところに登っている場合じゃないだろう！」

彼は驚き、大きな声で私を叱る。

「でも、もう少ししたら登れなくなってしまいますもの。この景色を見ておきたかったんです」

「登れなくなる？　できれば木には登ってほしくはないが、登るなとは言ってないぞ」

「はい」

たしかに言われていないし、彼が私を自由にしてくれているのはわかっている。

でも……。

私はシャルヴェの手を取り、自分のお腹に触れさせた。

「リリアーヌ、まさか……」

「少し体がだるいんです。だけど、それも命が育っている証拠だと」

「いつわかったんだ！」

彼は目を見開き、大声を上げる。

「今朝、診てもらいました」

結婚式だから緊張しすぎて体調がすぐれないとばかり思っていた。大事を取って診てもらった結果、妊娠を告げられ驚き……そして歓喜した。

でも、もう式の時間が迫っていてシャルヴェに伝えられなかったのだ。

式のあとも絶えず周りには人がいて、彼とふたりきりにはなれなかった。大切なことだからふたりになった時に伝えたくて、黙っておいた。

「それならなおさら、こんなところに登るな！」

シャルヴェが焦りまくり声を荒らげるのが意外だった。常に冷静沈着な彼の慌てる姿なんて、珍しい。

「この子とユノヘスを見たかったんです。いずれシャルヴェのようにこの国を守らなくてはならないんですもの」

お腹の子が男の子か女の子かはわからない。でも、確実にユノヘスにとって大切な人物となる。

「リリアーヌ……」

「それに、生まれる前からこの国を愛しているって、なんだか素敵でしょう？」

この素晴らしい景色をこの子もきっと気に入るはずだ。

「それはそうだが……やはり木登りは禁止だ！」

まったく余裕を失くしたシャルヴェを見て、彼が心から喜んでくれているのだと感じる。

しぶしぶながら木を下りることを了承し、シャルヴェにゆっくりと続く。

「あっ……」

「危ない！」

一番下の枝で足を滑らせてしまうと、もう既に地上に下りていたシャルヴェが私を受け止めるために大きく手を伸ばした。

とはいえ、そこはじゃじゃ馬の腕の見せ所。とっさに枝を掴みぶら下がる。

「まったく！」

「シャルヴェ、行くわよ」

彼がホッとしているのも束の間、私は彼の腕の中をめがけてフワッと飛んだ。

「あ、危な……」

危ないというほどの距離ではない。あと二十センチほどで地面だったのだから。

お腹に子がいるのだから、さすがにそんなに無茶はしない。

「リリアーヌ。頼むからおとなしくしてくれ」

「ふー」とため息をつく彼は、信じられないといった様子で首を何度も横に振る。

「あはは。ごめんなさい」

「腹は？　子は大丈夫なのか？」

「大丈夫ですわ。心配性ね」

あんなに怖いと隣国に知れ渡っているシャルヴェがこんなにアタフタするなんて、いったい誰が信じるだろう。

私はおかしくて、彼の首に抱きつきクスクス笑う。

「リリアーヌ、でかしたぞ」

「シャルヴェ。この子が生まれても、私をずっと愛してくれる？」

「もちろんだ。いやと言うほど愛してやる。ただ、もう少しおとなしくなればな」

「ちょっと、それは無理かもしれないわ」

私の言葉に目を細めるシャルヴェは、不意に私を抱き寄せ、とびきり熱いキスを落とした。


ドレスをビリビリに破ったみすぼらしい姿で人質としてユノヘスにやって来たじゃじゃ馬の私が、まさかこれほどまでに愛してもらえるとは思ってもいなかった。

冷酷と噂されたユノヘスの王太子は、情に厚い立派な君主だった。
愛が平和をもたらすと信じて、彼と一緒に生きていこう。
シャルヴェがもたらしたユノヘスの平和は、このあと、何百年も続くこととなる。

特別書き下ろし番外編

温かな時間　Ｓｉｄｅシャルヴェ

「アルノルト、こっちだぞ」

リリアーヌが第一王子となるアルノルトを産んで早一年。よちよちと歩き始めたアルノルトは、ニコニコ笑いながら抱っこをせがむように手を上げて近づいてくるのでたまらない。

アルノルトの金色の柔らかい髪は、俺と同じだ。しかし、大きくてクリクリした青い目はリリアーヌの血を引いている。

ほら、あと三歩頑張れ。そうすれば抱き上げてやる。

「シャルヴェ、やっぱりここにいた」

それなのに部屋にリリアーヌが入ってきた途端、アルノルトの視線は彼女に向いてしまう。

歩き始めたばかりだというのに素早く向きを変え、リリアーヌの方へ向かいだした。

「アルノルト、こっちだって」

俺はこの国で一番偉いんだぞ？

その俺を差し置いてリリアーヌを迷わず選ぶとは……。やっぱり母親は偉大だ。

「アルノルト、また歩くのが上手になったわね」

リリアーヌは以前に増して優しい笑みを浮かべ、アルノルトを抱き上げる。

まったく。その笑顔は俺のものだったのに。

とはいえ、俺もアルノルトに夢中だからなにも言えない。

「あっ、シャルヴェ。ランシャンが探してるわ」

「またランシャンか……」

「ふー」と大きくため息をつけば、彼女はクスッと笑う。

「ほら、お父さま、頑張って」

アルノルトを抱いた彼女が俺に近づいてきて頬にキスをするので、バチッと王の顔になる。

「そうだな。頑張ってくるよ」

「行ってらっしゃい」

我ながら単純だと思う。でも、リリアーヌのキスとアルノルトの笑顔に敵うものはない。

「せっかくコールを追い出したのに……」

リリアーヌは王妃として立派に立ち回っていて、俺の気づかないことを積極的に提案してくれる。

ついさっきまで、国の女性数人と、教育についての意見交換をしていたはずだ。彼女はこの先の平和のために、子供たちの優しい心を育てたいと奮闘している。

ひと足先に別の話し合いから解放された俺は、コールがアルノルトの面倒を見ていると聞きつけて、こっそり彼女の部屋に潜り込んでいたのに、もうランシャンに呼ばれてしまった。

「はぁー……」

思わずため息が出る。

イヤールドを攻略してからぐんと争い事が減り、その分兵を出すことも減った。

しかし、国を平和に導くにはまだまだ不穏因子《ふおんいんし》があり、その対策についてランシャンたちと日々話し合いを続け手を打っている。

そうした積み重ねがこの国やアルノルトの未来にとって大切なことだとわかっている。でも、もう少しリリアーヌやアルノルトと過ごす時間がほしい。

それは多分……俺自身が家族の愛に飢えているからだ。

「シャルヴェさま、お探ししましたよ」

呆れたように言うランシャンに「あぁ」と気のない返事をして、執務室の椅子に座った。

「シャルヴェさま。アルノルトさまがおかわいいのはわかりますが、もう少し……」

また始まった。ランシャンの説教は長くて困る。

「わかったよ。それで、この間の話の続き？」

ランシャンの言葉を遮ると、苦々しい顔をされてしまった。

しかも、うしろに控えているエドガーが俺たちのやり取りを見て笑いを噛み殺している。エドガーは俺がランシャンの長話が苦手なことを知っているのだ。

笑ってないで助けろよ。お前の父だろう？

「いえ。サノワより返事がきました」

「どうしてそれを先に言わないんだ！　それで？」

俺は椅子から飛び上がり、ランシャンに先を急かす。

「ヤニックが付き添い、いらっしゃるそうです」

「本当か！」

実は少し前にサノワに使者を遣わしていた。リリアーヌの母君をユノヘスに招きたかったからだ。

「リリアーヌには秘密にしておくんだぞ?」

「承知しております」

リリアーヌを驚かせたい。

ヤニックを帰してしまってから故郷の者は誰もおらず心細かったはずなのに、なにひとつ愚痴をこぼすこともなくユノヘスの平和のために身を粉にして働いてくれる彼女には感謝しかない。

これは、サノワに帰りたいとは決して漏らさない彼女へのご褒美だ。


それから三日。

「シャルヴェさま、いらっしゃいました」

エドガーが呼びに来たので、慌てて王宮の玄関へと走り母君を迎える。

すると、懐かしいヤニックの少しうしろに、リリアーヌとそっくりの青く優しい目を持つ女性が立っていた。

「ようこそいらっしゃいました。初めまして。国王のシャルヴェです」

跪き母君を迎える。リリアーヌをこの世に誕生させてくれた大切なお方だからだ。

「そんな、頭をお上げください。こちらこそ、リリアーヌを大切にしてくださって、なんと申し上げたらいいのか……」

　母君は目にうっすらと涙を浮かべている。

　恐らく、彼女を手放す時は不安ばかりだっただろう。それでもユノヘスに旅立たせてくれたおかげで、今の幸せがある。

「しばらくリリアーヌとゆっくりお過ごしください。もちろん、アルノルトとも」

　王宮で暮らしていないという母君に、使者を通じてユノヘスでの生活を提案したものの断られた。

　なぜなら、リリアーヌの意志を継いだヤニックと、彼女の話によく登場する友人アリアナともに孤児への教育をしているからだという。

　この芯の強さ。さすがはリリアーヌの母君だ。

「リリアーヌ」

　彼女の部屋に行き覗くと、アルノルトと一緒に昼寝をしていた。アルノルトは最近夜泣きがひどく、いくらコールが世話をすると言っても、自分の子だからと奮闘するリリアーヌもヘトヘトなのだ。

　起こそうと近づくと、母君は首を振る。

「幸せそうな顔をして眠っていますね。育児は疲れるんですよ。寝かしておいてやってください。私、ここにいてもよろしいでしょうか？」

「もちろんです」

盛大にもてなしたいところだが、ここにお茶を持ってこさせよう。

俺はこっそり部屋を出た。

それから日が傾きかけるまで、ランシャンとともにバスチューが治めているイヤールドの使者から最近の様子を聞き、今後の方針について話し合いをしたあと部屋に戻ると、バタバタと足音が近づいてきてドアが開いた。

「リリアーヌ。静かに入ってこい」

「だって！」

頬を上気させたリリアーヌは、すさまじい勢いで俺の胸に飛び込んでくる。

母になってもじゃじゃ馬ぶりは変わらない。まぁ、この無邪気さがかわいいんだが。

「母君と話したか？」

「はい。びっくりしました。アルノルトが泣き出したので目を覚ましたら、母がアルノルトを抱き上げていたんですもの！」

リリアーヌは興奮気味だ。

「シャルヴェ、ありがとう。大好き」

彼女は俺の首に手を回してギュッと抱きついてくる。

「喜んでくれてよかった。十日ほどユノヘスに滞在してくださるそうだ。うんと甘えるといい」

リリアーヌと一緒にいられないのは少し寂しいが、束の間の再会なのだ。水入らずで過ごさせてやりたい。

「はい。ありがとうございます」

リリアーヌの笑顔は、俺も幸せにした。


それから十日間。リリアーヌの希望で母君に同じ部屋で過ごしてもらったところ、アルノルトもすっかり母君になついている。

それだけでなく、リリアーヌと同じように調理場で一緒に食事を作ったり、部屋の掃除までしてくれる母君にコールたち侍女もすっかり打ち解け、王宮に笑い声が広がった。

幸せだった。幼いころ欲しくてたまらなかった温かい時間がここにある。

リリアーヌの強さと優しさのおかげで、俺は今、こうして笑っていることができる。

しかし、あっという間に別れの時はやってきた。

最後の晩。夕食が済んだあと、リリアーヌと母君を部屋へと送った。

「シャルヴェさま。リリアーヌとアルノルトを愛してくださり、ありがとうございます」

母君から頭を下げられ恐縮してしまう。どうにも心を開けなかった俺に愛を注いでくれたのは、リリアーヌのほうだ。

「いえ。私が命に代えてでも、一生お守りします」

リリアーヌの大切な母君に、敬意を込めて頭を下げる。

「ですが、今後はいつでもお越しください。アルノルトの成長も見守っていただきたいですし、なによりリリアーヌが元気になります。あっ、彼女の友人のアリアナも是非ご一緒に」

俺がそう言うと、リリアーヌの表情がパーッと明るくなる。アリアナにも会いたいに違いない。

「それはありがたいです。是非、そうさせていただきます」

母君は満面の笑みを浮かべうなずいてくれた。

それから、湯を浴び自分の部屋に戻ると……。

「うわっ!」

リリアーヌがベッドに座り俺を待ち構えていたので、大きな声が出てしまい口を押さえる。

「ふふ。驚いた?」

「驚いたって……。母君は?」

明日帰ってしまうのだから、こんなところにいたら時間がもったいない。

「お母さまが、なんでもワガママを聞いてあげるから、今一番したいことをしなさいって」

それでどうしてここにいるんだ?

俺が首を傾げると、彼女は優しい笑みを浮かべ俺の腕の中に飛び込んできた。

「アルノルトはもちろん大事。でも、シャルヴェも大事なの」

「リリアーヌ?」

「最近、アルノルトの夜泣きがひどくて、こうして甘えられなかったから」

『今、一番したいこと』って、まさか俺と一緒にいたいということなのか?

たしかにアルノルトが生まれてからは、ふたりきりでゆっくり過ごすことが難しくなっている。

「リリアーヌ。お前ってヤツは……」

もうこれ以上好きになったら、どうしていいかわからないだろ。

「今晩は、一緒にいて？」

「もちろんだよ、リリアーヌ」

彼女を強く抱き寄せたあと、腕の力を緩め彼女の顔を覗き込む。

「愛しているよ。これからもずっと」

そして彼女の甘い唇を貪り、ベッドに押し倒す。

「シャルヴェ……。私、今度は女の子が欲しいの」

少し恥ずかしげな彼女の声が俺の鼓膜を揺らす。

「実は、俺も」

そう漏らすと、彼女ははにかみ俺の手をギュッと掴む。

「今日は朝まで寝かさないから」

「そ、それは……困る……んっ」

俺は彼女の言葉を遮るように唇を塞いだ。

「リリアーヌ。俺はもう、お前なしでは生きられない」

たとえ母になっても、お前は俺のたったひとりの妃なんだ。一生、俺の妃、なんだ。

「シャルヴェ、私も。存分に、愛して」

甘い吐息交じりの彼女の声に、理性などあっという間に飛んでしまう。

「あっ、ダメ。激しすぎっ……」

「アルノルトに取られていたんだから、これくらいは許せ」

いくらアルノルトがかわいくても、やはりお前がいなくては。

「取られてなんて……。私はシャルヴェを愛しているの」

あぁ、なんてかわいいヤツなんだ。

「やっぱり朝まで寝かさない」

「えっ、あっ……」

俺は焦る彼女の手をシーツに縫いとめ、もう一度深いキスを落とした。

END

あとがき

おてんば娘リリアーヌと、冷酷な絶対君主シャルヴェの物語にお付き合いくださいました皆さま、ありがとうございました。

シャルヴェは残酷な過去を背負い、決して順風満帆な人生ではなかったのかもしれません。しかしそれ故、内に秘めた想いもあり、リリアーヌの言動が彼の心を揺さぶりました。

リリアーヌは、シャルヴェの本心を実践しているような人でした。人をまっすぐに信じ、正しいと思うことは絶対に曲げない。すべきと思えば自分の命を顧みず突っ込んでいく。周りの人たちはひやひやでしょうが、「剣より愛」と言い切る彼女のことが、シャルヴェはうらやましかったんじゃないかな、なんて思っています。

そのシャルヴェも、一見孤独でありながら実は周りの人に支えられて生きてきました。彼のお尻をペンペンしていたランシャン、そして実の兄弟のようなバスチュー。コールやエドガーもそうです。

彼が冷酷非道と言われながらも優しい心を持ち続けていたのは、周囲の人たちが彼に愛を注ぎ続けてきたからだと思います。愛し、愛されることの心地よさを、シャルヴェは知らず知らずの間に感じていたのではないでしょうか。男女間の恋愛にかかわらず、人に愛されたければ、まずは自分が愛し信じることが必要かもしれませんね。

舞台が戦乱の世でしたので、人の生き死にが当たり前のようにありました。でも、現代の社会でもまだそういう国があります。やはり、寿命をまっとうすることなく死ななければならないのは悲しいこと。ユノヘスが平和に向かって走り出したように、どの国の子供たちにも平和な時間が訪れることを願ってやみません。

この作品の出版にあたり、不安だらけの私を助けてくださいました担当の増子さまをはじめ、力を貸してくださいました皆さま。うっとりするような表紙を担当してくださいましたアオイ冬子さま。そして、この本をお手に取ってくださいました皆さま。いつも応援してくださる皆さまに感謝申し上げます。

佐倉《さくら》伊織《いおり》

佐倉伊織先生
ファンレターのあて先

〒104-0031
東京都中央区京橋1-3-1
八重洲口大栄ビル7F
スターツ出版株式会社　書籍編集部　気付

佐倉伊織先生

本書へのご意見をお聞かせください

お買い上げいただき、ありがとうございます。
今後の編集の参考にさせていただきますので、
アンケートにお答えいただければ幸いです。

下記URLまたはQRコードから
アンケートページへお入りください。
http://www.berrys-cafe.jp/static/etc/bb

ベリーズ文庫

冷酷王太子はじゃじゃ馬な花嫁を手なずけたい

2017年5月10日　初版第1刷発行

著　者　佐倉伊織
©Iori Sakura 2017
発行人　松島 滋
デザイン　hive & co.,ltd.
校　正　株式会社 文字工房燦光
編集協力　佐藤貴子
編　集　増子真理
発行所　スターツ出版株式会社
〒104-0031
東京都中央区京橋1-3-1　八重洲口大栄ビル7F
TEL　販売部　03-6202-0386（ご注文等に関するお問い合わせ）
URL　http://starts-pub.jp/
印刷所　大日本印刷株式会社

Printed in Japan

乱丁・落丁などの不良品はお取替えいたします。
上記販売部までお問い合わせください。
定価はカバーに記載されています。

ISBN 978-4-8137-0253-5　C0193

ベリーズ文庫　好評の既刊

『王太子様は無自覚!?溺愛症候群なんです』　ふじさわさほ・著

大国の王太子と政略結婚することになった王女ラナは、輿入れ早々、敵国の刺客に誘拐される大ピンチ！　華麗に助けてくれたのは、なんと婚約者であるエドワードだった。自由奔放なラナとエドワードはケンカばかりだったが、ある日イジワルだった彼の態度が豹変!?　「お前は俺のものだ」と甘く囁き…。

ISBN 978-4-8137-0203-0／定価：本体620円＋税

『イジワル同期とスイートライフ』　西《にし》ナナヲ・著

メーカー勤務の乃梨子は、海外営業部のエースで社内人気NO.1の久住と酔った勢いで一夜を共にしてしまう。久住に強引に押し切られる形で、「お互いに本物の恋人ができるまで」の"契約恋愛"がスタート！　恋心なんてないはずなのに優しく大事にしてくれる久住に、乃梨子は本当に恋してしまって…!?

ISBN 978-4-8137-0204-7／定価：650円＋税

『強引なカレの甘い束縛』　惣《そう》領《りょう》莉《り》沙《さ》・著

七瀬は、片想い相手で同期のエリート・陽太から「ずっと好きだった」と思わぬ告白を受ける。想いが通じ合った途端、陽太はところ構わず甘い言葉や態度で七瀬を溺愛！　その豹変に七瀬は戸惑いつつも幸せな気分に浸るけれど、ある日、陽太に転勤話が浮上。ワケあって今の場所を離れられない七瀬は…？

ISBN 978-4-8137-0205-4／定価：640円＋税

『モテ系同期と偽装恋愛!?』　藍里《あいさと》まめ・著

男性が苦手なOLの紗姫は、"高飛車女"を演じて男性を遠ざけている。ある日、イケメン同期、横山にそのことを知られ「男除けのために、俺が"仮の彼氏"になってやるよ」と突然のニセ恋人宣言!?　以来、イジワルだった彼が急に甘く優しく迫ってきて…。ドキドキしちゃうのは、怖いから？　それとも…？

ISBN 978-4-8137-0206-1／定価：630円＋税

『エリート医師の溺愛処方箋』　鳴瀬菜々子《なるせななこ》・著

新米看護師の瑠花は医師の彼氏に二股され破局。ヤケ酒を飲んでいたバーで超イケメン・千尋と意気投合するも、彼はアメリカ帰りのエリート医師で、瑠花の病院の後継者と判明！　もう職場恋愛はしないと決めたのに、病院で華麗な仕事ぶりを披露する彼から、情熱的に愛を囁かれる毎日が続き…!?

ISBN 978-4-8137-0207-8／定価：640円＋税

書店店頭にご希望の本がない場合は、書店にてご注文いただけます。

ベリーズ文庫 好評の既刊

『逆境シンデレラ～御曹司の強引な求愛～』 あさぎ千夜春《ちよはる》・著

エール化粧品で掃除婦として働く沙耶は、"軽薄な女好き"と噂のイケメン御曹司・基が苦手。なのに、彼の誕生日パーティで強引にキスをされてしまう。しかも、軽薄なはずの基がその日から溺愛モードに!! 身分違いの恋だからと一線を引く沙耶に、「君のすべてが愛しい」と一途に愛を伝えてきて…!?

ISBN 978-4-8137-0218-4／定価：本体620円＋税

『クールなCEOと社内政略結婚!?』 高田《たかだ》ちさき・著

27歳のあさ美は、父親のさしがねで自分の会社の毒舌イケメン社長・孝文と突然お見合いをさせられてしまう。しかも強引に婚約まですることに…！同居生活が始まると孝文は意外と優しくて頼もしい。だけど、思わせぶりな態度で何度もからかわれるから、あさ美の心は振り回されっぱなしで!?

ISBN 978-4-8137-0219-1／定価：本体640円＋税

『冷徹社長が溺愛キス!?』 紅《くれない》カオル・著

IT企業で働く奈知は、鬼社長と恐れられる速水にトラブルを救われ、急接近。速水の優しさや無邪気な一面を知り、その素顔に惹かれていく。だけど速水には美人専務と付き合っている噂があり、奈知は諦めようとするけれど、速水の自宅を訪れたある日「試したいことがある」と突然キスされて…!?

IISBN 978-4-8137-0220-7／定価：本体630円＋税

『臨時社長秘書は今日も巻き込まれてます！』 佳月弥生《かげつやよい》・著

臨時の社長秘書になった地味OLの美和。イケメン御曹司である敏腕社長の隼人は俺様で、恋愛未経験の美和を面白がって迫ったり、無理やりデートに連れ出したり。さらに女よけのため「俺の恋人を演じろ」と命令!? 仕方なく恋人のフリをする美和だけれど、彼が時折見せる優しさに胸が高鳴って…。

ISBN 978-4-8137-0221-4／定価：本体650円＋税

『強引男子のイジワルで甘い独占欲』 pinori《ぴのり》・著

失恋したOLのちとせは社内人気No.1のイケメン、眞木に泣いているところを見られてしまう。クールで誰にもなびかないと噂の眞木から「お前の泣き顔、可愛いな」と言われ戸惑うけれど、以来、彼とは弱みを見せられる仲に。いい友達だと思っていたのに、ある日、一緒に行った映画館で突然キスされて…!?

ISBN 978-4-8137-0222-1／定価：本体640円＋税

書店店頭にご希望の本がない場合は、書店にてご注文いただけます。

ベリーズ文庫 好評の既刊

『イジワル上司に焦らされてます』 小春《こはる》りん・著

デザイナーの蘭は、仕事一筋で恋とは無縁。隣の席の上司・不破は、イケメンで色っぽい極上の男だけど、なぜか蘭にだけイジワル。七年もよき上司と部下だったのに、取引先の男性に口説かれたのがきっかけで「男としてお前が心配なんだ」と急接近！　甘く強引に迫る不破に翻弄される蘭だけど……!?

ISBN 978-4-8137-0233-7／定価：本体630円＋税

『旦那様と契約結婚!?～イケメン御曹司に拾われました～』 夏雪《なつゆき》なつめ・著

25歳の杏璃は生まれつき〝超〟がつくほどの大食い女子。会社が倒産してしまい、新しい職探しもうまくいかず、空腹で座り込んでいるところを、ホテルオーナーの立花玲央に救われる。「いい仕事を紹介してやる」と乗せられて、勢いで契約書にサインをすると、それは玲央との婚姻届けで…!?

ISBN 978-4-8137-0234-4／定価：本体630円＋税

『秘書室室長がグイグイ迫ってきます!』 佐倉伊織《さくらいおり》・著

OLの悠里は大企業に勤める新米秘書。上司の伊吹は冷徹人間で近寄りがたいけど、仕事は完璧だから密かに尊敬している。ある日、悠里が風邪を引くと、伊吹が家まで送ってくれることに。しかも、いきなり「好きだ」と告白され、「必ずお前を惚れさせる」と陥落宣言!?　動揺する悠里をよそに、あの冷徹上司がものすごく甘くって…!?

ISBN 978-4-8137-0235-1／定価：本体630円＋税

『御曹司の溺愛エスコート』 若菜《わかな》モモ・著

昔の恋人・蒼真と再会した桜。さらに凛々しく、世界に名を馳せる天才外科医になって「まだ忘れられない」と迫る蒼真とは裏腹に、桜はある秘密のせいで距離を置こうとする。けれど泥棒の被害に遭い、蒼真の高級マンションに身を寄せることに。そこで溺愛される毎日に、桜の想いも再燃して…!?

ISBN 978-4-8137-0236-8／定価：本体640円＋税

『強引上司と過保護な社内恋愛!?』 悠木《ゆうき》にこら・著

恋愛ご無沙汰OLの泉は、社内一人気の敏腕イケメン上司、桧山から強引に仕事を振られ、翻弄される毎日。ある日、飲み会で酔った桧山を介抱するため、彼を自宅に泊めることに。ところが翌朝、目を覚ました桧山に突然キスされてしまう！　以来、甘くイジワルに迫ってくる彼にドキドキが止まらなくて…？

ISBN 978-4-8137-0237-5／定価：本体650円＋税

書店店頭にご希望の本がない場合は、書店にてご注文いただけます。

『腹黒エリートが甘くてズルいんです』

実花子《みかこ》・著

30歳、彼氏ナシ。人生停滞期のOL莉緒は、合コンで中学時代の同級生、酒井と再会する。しかも彼はあの頃よりもさらにかっこよく、一流企業の超エリートに変貌を遂げていた。ついに運命が!?と、ときめくもつかの間、彼の左手薬指にはキラリと輝く指輪があって…。

ISBN 978-4-8137-0251-1／定価：本体630円＋税

ベリーズ文庫 2017年5月発売

書店店頭にご希望の本がない場合は、書店にてご注文いただけます。

『ツンデレ社長の甘い求愛』

田崎《たさき》くるみ・著

しっかり者OLのかすみは敏腕だけど厳しくて怖いイケメン社長、今井と意見を衝突させる日々。ある日、今井に「お前みたいな生意気な部下、嫌いじゃない」と甘い笑みを向けられ…。以来、不意打ちで優しくしてきたり、守ってくれたりする彼にときめき始めて…?

ISBN 978-4-8137-0252-8／定価：本体650円＋税

『イジワル御曹司に愛されています』

西《にし》ナナヲ・著

取引先の営業マンとして寿の会社に現れた、エリートイケメン・都筑。彼は偶然にも高校の同級生。御曹司で学校一目立っていた“勝ち組”の都筑が寿は苦手だった。でも再会したら、まるで別人のイイ男!?イジワルながらも優しく守ってくれる彼に胸が高鳴り…!?

ISBN 978-4-8137-0248-1／定価：本体640円＋税

『冷酷王太子はじゃじゃ馬な花嫁を手なずけたい』

佐倉伊織《さくらいおり》・著

大国の王太子・シャルヴェに嫁ぐことになった小国の姫・リリアーヌ。冷酷と噂される王太子が相手といえど幸せな結婚を夢見る彼女は「恋をしに参りました」と宣言。姫を気に入った王太子は、時にイジワルに、時に過保護なほどに寵愛するが、とある事件が起きて…。

ISBN 978-4-8137-0253-5／定価：本体640円＋税

『ホテル王と偽りマリアージュ』

水守恵蓮《みずもりえれん》・著

地味OL・椿は、イケメン御曹司・一哉と結婚し、誰もがうらやむ現代のシンデレラに!けれどそれは愛のない契約結婚だった。反抗心しかない椿だが「君は俺の嫁だろ」と独占欲を見せる一哉にドギマギして、契約外の恋心を抱いてしまい……!?

ISBN 978-4-8137-0249-8／定価：本体630円＋税

『カタブツ皇帝陛下は新妻への過保護がとまらない』

桃城猫緒《ももしろねこお》・著

内気な公爵令嬢のモニカは、絶対的権力者である皇帝・リュディガーからある日突然求婚される。迎えた新婚初夜、モニカは緊張のあまり失敗してしまう。そんなウブな妻を甘やかす、彼の独占愛に戸惑うモニカだが、実は幼い頃に不慮の事故で記憶を失っていて…。

ISBN 978-4-8137-0254-2／定価：本体620円＋税

『ただ今、政略結婚中!』

若菜《わかな》モモ・著

初恋相手である大企業のイケメン御曹司・隼人との政略結婚が決まった亜希。胸が高鳴るけれど、結婚式で再会した彼はそっけなく、勤務地のNYにすぐ戻ってしまう。愛されていないとショックを受けつつも隼人の元へ行った亜希に、彼は熱く深いキスをしてきて…。

ISBN 978-4-8137-0250-4／定価：本体650円＋税